Das Buch

Die ›Hypochonder‹ sind Menschen des Jahres 1901, Figuren in einem Spiel, dessen kausale Zusammenhänge für sie nicht durchschaubar sind, wie Marionetten dem Zwang zur Selbstbeobachtung unterworfen. Botho Strauß debütierte mit diesem Stück im Jahre 1972. Damals war das Publikum irritiert von seiner Methode, mit Hilfe von Verkünstlichung und Verrätselung vertraute Formen der Wahrnehmung zu durchbrechen. Mit seinem zweiten Theaterstück dagegen, ›Bekannte Gesichter, gemischte Gefühle‹, in dem sich sieben Bewohner eines Hotels mit ihren Träumen auseinandersetzen, fand Strauß allgemeine Anerkennung. Er erhielt dafür den Hannoverschen Dramatikerpreis. »Wirklichkeitsverständnis und Ästhetik von Botho Strauß«, schrieb Hans Wolfschütz, »sind entscheidend geprägt von der Erfahrung der gescheiterten Studentenrevolte von 1967/68. Seine Literatur trägt alle Zeichen von Melancholie und Resignation einer als nachrevolutionär erfahrenen Zeit. Wie viele Autoren seiner Generation hat auch er den ›langen Marsch‹ nach innen angetreten.«

Der Autor

Botho Strauß, am 2. Dezember 1944 in Naumburg/Saale geboren, war Redakteur, Theaterkritiker und später dramaturgischer Mitarbeiter an der Schaubühne am Halleschen Ufer. Lebt in Berlin. Weitere Werke: ›Marlenes Schwester‹ (1975), ›Trilogie des Wiedersehens‹ (1976), ›Die Widmung‹ (1977), ›Groß und klein‹ (1978), ›Rumor‹ (1980), ›Paare, Passanten‹, ›Kalldewey. Farce‹ (1981), ›Der junge Mann‹ (1984).

Botho Strauß:

Die Hypochonder
Bekannte Gesichter, gemischte Gefühle

Zwei Theaterstücke

Deutscher
Taschenbuch
Verlag

Von Botho Strauß
sind im Deutschen Taschenbuch Verlag erschienen:
Marlenes Schwester (6314)
Die Widmung (10248)
Paare, Passanten (10250)
Kalldewey (10346)
Der Park (10396)
Trilogie des Wiedersehens/Groß und klein (10469)
Rumor (10488)

1. Auflage November 1981
2. Auflage März 1986: 9. bis 16. Tausend
Deutscher Taschenbuch Verlag GmbH & Co. KG,
München

ISBN 3-446-12817-4
Umschlaggestaltung: Celestino Piatti unter Verwendung eines Szenenfotos der Aufführung von ›Bekannte Gesichter, gemischte Gefühle‹ des Württembergischen Staatsschauspiels (Hannes Kilian, Wäschenbeuren)
Gesamtherstellung: C. H. Beck'sche Buchdruckerei, Nördlingen
Printed in Germany · ISBN 3-423-10549-6

Inhalt

Die Hypochonder

Theaterstück

Personen

VLADIMIR
NELLY
VERA
GEBRÜDER SPAAK
ELISABETH
JAKOB

Ort: Amsterdam
Zeit: Januar 1901

Ein großer herrschaftlicher Raum. Im Hintergrund eine breite, mit Gardinen verhängte Glasfront. Eine Tür führt hinaus auf die offene Veranda. Draußen ist – bei hochgezogenen Gardinen – ein verschneiter Garten zu erkennen. Vor diesem Verandafenster liegt eine erhöhte Fläche, zu der drei, vier Stufen hinaufführen.
An der rechten Zimmerwand, etwas im Hintergrund, steht ein altes überdachtes Bett mit geschlossenen Vorhängen ringsum.
In der Mitte der Bühne: ein großes Sofa, zwei Sessel, ein flacher Tisch und ein hohes Tischchen, das mit einer Glasplatte abgedeckt ist.
Links vorne: eine Speisetafel mit zwei Stühlen.
Dahinter: Vladimirs Arbeitsplatz, eine Art Kanzel, zu der eine Treppe hinaufführt. Auf der Kanzel stehen Schreibtisch, Stuhl und Chaiselongue. Außerdem ist dort eine Bibliothek und mittendrin ein großes Aquarium.
Hinter der Kanzel ein breiter Gang, eine Galerie, die in die Bühnentiefe führt. Die Galerie ist auf der rechten Seite mit Säulen flankiert. Auf der linken Seite sind Möbel, eine Standuhr, Kunstwerke, Kamin usw. angedeutet. Die Galerie scheint nach hinten kein Ende zu nehmen. Wer durch die Galerie geht, dessen Schritte hallen.

Vladimir kommt schnell durch die Galerie ins Zimmer gelaufen. Er blutet heftig aus der Nase. Er zittert, seine Zähne klappern. Er wirft einen Revolver auf das hohe Tischchen mit der Glasplatte. Die Glasplatte zerbricht, der Revolver fällt zu Boden. Vladimir schlägt die Arme um den Brustkorb, weil ihn friert. Er legt sich, so wie er ist, in Schal, Mantel und Mütze, auf das Sofa und krümmt sich zusammen. Etwas später kommt Nelly schnell durch die Galerie ins Zimmer gelaufen. Sie hat einen offenen Karton im Arm, sie wirft ihn zu Boden. Es fallen schmutzige Wäsche und Kleider heraus. Sie haucht ihren Atem in die kalten Hände. Sie schaut sich flüchtig im Raum um. Sie geht auf das Bett zu und legt sich, so wie sie ist, im Mantel, ins Bett.

NELLY Wo warst du nur?

VLADIMIR Die Kälte zerbricht mir noch mein Nasenbein.

NELLY Du hättest mich fest in deine Arme schließen müssen.

VLADIMIR Ich stieg zu hastig aus dem Wagen, stolperte und fiel auf das Pflaster.

NELLY Du blutest wieder.

VLADIMIR Nelly?

NELLY Ja.

VLADIMIR Im Rinnstein lag ich und sah, wie du aus dem Gefängnis kamst. Aber du hast dich nicht umgesehen. Du bist sofort in eine Droschke gestiegen.

NELLY Der Winter. Du blutest wieder.

VLADIMIR Es strömt aus den Stirnhöhlen herunter.

NELLY Du kannst dir die Verwundung nicht anders vorstellen?

VLADIMIR Nein.

NELLY *lacht schüchtern.* Ein Gedankenblitz?

VLADIMIR Vielleicht. Ich weiß es nicht.

Nelly So wie den Schlafenden ein kleines Magendrücken in einen tödlichen Alptraum stürzt.

Vladimir *begeistert.* Ja. Ja. So ist es in Wirklichkeit. Und wozu dann diese verbissenen Erklärungen, diese medizinischen Einzelheiten.

Nelly Wie? Leben wir denn als Wilde unter lauter Besserwissern?

Vladimir *erregt.* Und die Bilder? *Ruhig.* Die Schmerzensbilder.

Nelly *legt ihm die Worte in den Mund.* Die Vorstellungen, die das Schmerzempfinden begleiten, stürzen alle Erkenntnisse um. Sie blamieren das gesamte wissenschaftliche Wissen. Nicht wahr?

Vladimir *uninteressiert.* Nenn es wie du willst.

Nelly *steht vom Bett auf.* Der dicke Spaak ist auch so ein Wilder. Was er manchmal für Ausdrücke am Leibe hat. Als er nach dem Essen aufstoßen mußte, sagte er: es bricht ein Luftsturz über meine Kehle.

Vladimir lacht kurz und starrt dann wieder uninteressiert vor sich hin. Nelly fühlt sich durch Vladimirs Lachen zum Reden ermuntert.

Und einmal sagte der dicke Spaak: Nein, nein, ich spiele nicht in der Lotterie. Ich sage mir: mit derselben Wahrscheinlichkeit, mit der du in der Lotterie gewinnen könntest, könntest du andererseits bei einem Gewitter vom Blitz erschlagen werden. Such ich aber den guten Zufall nicht, so bleibe ich gewiß auch vom schlimmen Zufall verschont. Ja, der gute und der schlimme Zufall, darauf kam es ihm an. Eine Zeitlang lebte er von der Pistole in der Tasche. Er fürchtete sich. Er fürchtete sich sogar vor niederschwebenden Ahornblättern. Aber am allermeisten fürchtete er sich vor sich selber. Er lachte aus vollem Hals und wurde kreidebleich. Er sagte: wenn ich so lachen muß, wird mir sofort schwindelig. Und schon erschrak er wieder über die Feststellung, die er soeben getroffen hatte, denn er fürchtete nun, sich durchschaut und damit ein noch größeres Unheil vorbereitet zu haben. Und ist doch ein guter Kaufmann, der dicke Spaak, und ist doch – zusammen mit seinem Bruder – ein tüchtiger Fabrikant. Und wir beide – leben wir nicht gut genug von dem Betrieb, in dem ein Angsthase kommandiert. So kann es gehen. Jemand bebt vor Angst und denkt wie ein Wilder und ist doch der beste Spekulant, der beste Auftraggeber, der beste Ausbeuter, der beste Verwalter –

VLADIMIR *unterbricht; laut und langsam.* Ein Wort gibt das andere. Hört das denn gar nicht auf? Nelly, Nelly. *Schüttelt traurig den Kopf.*

NELLY Aber du hast doch gelacht.

Nelly setzt sich auf den Bettrand. Vladimir richtet sich auf, nimmt seine Mütze ab und sieht Nelly streng an. Nelly will etwas sagen und öffnet den Mund.

VLADIMIR Mir wird schwindelig, wenn du den Mund so weit aufreißt.

Nelly steht verärgert auf und geht im Raum umher. Sie gewöhnt sich wieder an ihr Zuhause. Sie erblickt einen Schleier, der unordentlich am Vorhang des Verandafensters hängt.

NELLY Wie kommt denn der Schleier an den Vorhang?

VLADIMIR Nelly hat ihn angeschleppt. Gerade als ich meine Fußsohlen eincremte.

NELLY Vera?

VLADIMIR Ich weiß nicht, wo sie steckt.

Nelly will Vladimir auf seinen Versprecher aufmerksam machen, läßt es aber sein. Sie zeigt auf den Schleier.

NELLY Es ist ein –

VLADIMIR Eine Art Hornhautschwund. Die Füße tragen mich nicht mehr sicher. Das Stehen und Gehen ist sehr schmerzhaft.

Er zeigt im Sitzen, wie behutsam er auftreten muß. Nelly lehnt sich über das Sofa und sieht Vladimir zu.

Nelly Ich frage mich, ob Hornhaut für die Fußsohlen wirklich das denkbar Beste ist.

Vladimir Was sonst?

Nelly Leder. Filz. Asbest.

Vladimir Und Hufeisen, wie? *Er macht vor, wie er mit Hufeisen gehen würde.* Ach was. Jeder Mensch müßte von Natur aus stets das Richtige, das für seine natürliche Gesundheit Beste tun.

Nelly Ein leidloses, verschwiegenes Leben. Alles in Ordnung.

Vladimir Keine Erklärungen.

Er deutet nach hinten.

Ein Gardinenstoff. Es heißt, du hättest ihn bestellt. Vor der Untersuchungshaft.

Nelly Ich? Gewiß nicht. Es ist auch kein gewöhnlicher Vorhangstoff. Es ist ja ein richtiger Brautschleier.

Vladimir *dreht sich um.* Nichts für den Winter.

Nelly zieht ihren Mantel aus und stößt dabei eine Vase mit Lilien um, die auf einem Treppenabsatz stand. Die Vase zerbricht. Vladimir läuft sofort an den Unglücksort und tappt mit den Händen in das auslaufende Wasser. Er führt die Hände ins Gesicht und wischt sich das Blut weg.

Ah, das Wasser ist warm. Die Wärme der Lilien.

Er zieht seinen Mantel aus.

Nelly Vladimir, ich hab dich lieb.

Nelly geht zum Sofa und setzt sich. Vladimir setzt sich auf die Stufen vor dem Verandafenster.

Vladimir Wie ist das gleich? Ich habe den Zusammenhang verloren.

Nelly *als wiederhole sie sich.* Also. Ich stehe unter dem Verdacht, den Chemiker Gustav Mann ermordet zu haben.

Sie lacht leise.

Man nimmt mich fest, man sperrt mich ein. Die Gebrüder Spaak hinterlegen eine Kaution, sie lösen mich aus. Und schon bin ich wieder auf freiem Fuß.

Sie trommelt mit den Fußspitzen auf den Boden.

Nun gut, es ist eine Freiheit auf Pump und Widerruf. Aber was macht das schon?

VLADIMIR *antwortet unwillkürlich.* Nichts.

NELLY *dreht sich halb zu ihm um.* Wie?

VLADIMIR *als hätte er nichts gesagt.* Nichts.

NELLY Unser großes häßliches Verbrechen. Es ist alles vorüber. Aber jetzt erst beginnen wir es zu spüren. Ein winziges Nervenreißen über dem linken Auge ist seitdem geblieben. Oder nicht?

VLADIMIR Paß auf, Nelly. Deine Augenbrauen sind bis zum Zerreißen dünn.

NELLY Bald wird es mir wie Schuppen von den Augen fallen. Dann werde ich wissen, ob ich als Mörderin nicht vorsichtiger lebe, ob ich nicht liebevoller lieben kann als vorher. Weißt du noch? Als wir uns kennenlernten. Du wolltest unbedingt, daß wir ins Kontor deines Vaters einbrechen. Wir müssen uns unglücklich machen, hast du gesagt, dann sind wir richtig angewiesen aufeinander. Damals.

VLADIMIR Hör auf. Ich kann diese Verlustformen nicht ertragen: »du wolltest«, »du hast«, »damals«. Das tut mir im Kopf weh. Nichts behalte ich bei mir. Ein rasendes Vergessen, auf das ich nicht angesprochen werden darf. Ich glaube, über meiner Arbeit, über den Fischen bin ich ins Verderben, bin ich in die Bredouille geraten. Oder wie man sagt. Zum Beispiel: wie nennt sich der Morgendunst, der aus dem feuchten Urwald steigt? Und, andererseits, wie nennt sich der dampfende Nebel, der über dem warmen Fluß liegt? Das treffende Wort. Ich weiß es nicht, ich weiß es nicht.

Nelly lächelt. Sie steht auf, nimmt den Mantel über den Arm und holt einen Stuhl von der Speisetafel. Sie trägt ihn in die Nähe von Vladimir und setzt sich darauf. Sie sieht Vladimir ins Gesicht. Dann zitiert sie aus der Erinnerung.

NELLY ›Ich habe das Wort vergessen / Das ich sagen wollte /

Und körperlos kehrt der Gedanke / Ins Prunkgemach der Schatten zurück.‹

VLADIMIR Was ist das für ein Vers?

NELLY *wippt mit dem Stuhl; in einer zitierenden Sprechweise.* Du bist das dumme eifrige Schulmädchen, das über den viel zu langen Lernstrecken alles wieder vergißt und durcheinander bringt.

VLADIMIR *tritt von der Seite an die auf dem Stuhl wippende Nelly heran; er spricht, ohne sprechen zu wollen.* Erkennst du mich nicht? Ich komme als dein gewissenhafter Gatte zu dir. Ich muß dir erzählen, in welch fürchterlichem Zustand ich deinen Liebhaber angetroffen habe.

NELLY *lächelt; in zitierender Sprechweise.* Die lange Mütze fiel auf seinen Rücken. Das Herzflimmern setzte ein und dann der plötzliche Tod. So plötzlich, daß er nicht für den Bruchteil einer Sekunde wahrnimmt, daß er stirbt.

Vladimir wird von Entsetzen gepackt. Er will den unheimlichen Gesprächszwang gewaltsam durchbrechen. Er versetzt dem Stuhl einen Stoß. Nelly fällt mit dem Stuhl hinterrücks auf den Boden. Sie schreit auf.

VLADIMIR Schluß jetzt, Nelly. Wir haben das alles schon einmal gesagt.

NELLY *hockt am Boden.* Satz für Satz. Nachdem du gesagt hast: ein rasendes Vergessen, auf das ich nicht angesprochen werden darf, haben wir kein einziges Wort mehr frei gewählt. Ein Gespräch, das einen Tag nach Gustavs Tod stattfand. So geht es nicht. Wenn du dich nicht erinnern willst, dann wirst du eben erinnert.

VLADIMIR *tritt mehrmals wütend gegen den Stuhl.* Ich wünschte, du bliebst am Boden liegen, in den Hüften gelähmt oder fallsüchtig für immer.

Nelly kriecht zu dem hohen Tischchen und holt den Revolver aus den Scherben. Vladimir sieht ihr zu und läuft so schnell er kann, auf Zehenspitzen, zum Bett und versteckt sich dort. Nelly blickt traurig auf den Revolver. Sie sieht sich nach Vladimir um. Sie steckt den Revolver in ihre Manteltasche. Sie legt sich den Mantel über die Schultern. Sie bleibt am Boden hocken. Nach einiger Zeit kommt Vladimir hinter dem Bett hervor. Er geht gerade auf Nelly zu, hält dann inne und geht mit Beschwerden – als liefe er über ›glühende Kohlen‹ – an Nelly vorbei. Er geht die Treppe hinauf zu seinem Arbeitsplatz. Er nimmt seine Arbeit mit den Fischen auf: er läßt einige Oblaten mit einer roten Bakterienspur in das Aquarium fallen. Er beobachtet das Verhalten der Fische mit einem Vergrößerungsglas. Er macht Aufzeichnungen. Es ist ganz still. Die Standuhr schlägt plötzlich laut. Nelly stößt sofort einen Schmerzensschrei aus. Vladimir wendet sich Nelly zu. Er sieht in ihren offenen Mund. Es fällt ein Ausdruck des Entsetzens über sein Gesicht. Er steht auf, hält sich beide Ohren zu und schreit.

Mach den Mund zu, schnell. Da kommt ein schwarzes Tier heraus.

Nelly schlägt unwillkürlich beide Hände vor den Mund, würgt. Vladimir entspannt sich, wird zufrieden. Er legt beide Hände in die Hüften und lacht.

Endlich. Jetzt kannst du anfangen. Was wolltest du sagen?

Es wird dunkel.

I, 2

Der Raum ist in Ordnung gebracht. Auf der Speisetafel ist eine Mittagsmahlzeit bereitet. Vladimir und Nelly sitzen einander an der langen Tafel gegenüber. Sie essen. Es fällt ein winterliches Licht durch das Verandafenster. Doch die Tafel liegt im Schatten. Vladimir hat ein Buch in der Hand, aus dem er vorliest.

VLADIMIR *liest vor.* ›2. November. Heute früh zum erstenmal nach langer Zeit wieder die Freude an der Vorstellung eines in meinem Herzen gedrehten Messers.‹

Er sieht über das Buch weg zu Nelly.

Ja ist es denn nicht ungerecht, daß der Ermordete die Überraschung des Einstichs nicht überlebt? Er kommt in jeder Beziehung zu kurz.

Er ißt.

Niemals wird er sich erinnern dürfen. Niemals wird er Gelegenheit finden, das wirkliche Abenteuer seines Lebens in Worte zu fassen.

Er ißt.

NELLY Ja was sollte er denn erzählen?

Sie ißt.

Seine Worte blieben doch nur entfernte Hinweise auf sein ungeheuerliches Erlebnis.

VLADIMIR Möglich.

Er ißt.

Die Not des Überlebens könnte ihn sogar zum gemeinen Angeber und Aufschneider machen. Immerzu fühlt er sich gezwungen, eine glatte, feste und ihm selbst ganz entfremdete Geschichte zum besten zu geben. Ja wäre denn das nicht auch ein wahrhaftiger Ausdruck seiner unaussprechlichen Erfahrung?

Er ißt.

NELLY Und ich?

Sie ißt.

Ja ist es denn nicht s e i n Leben nach dem Tode, zu welchem das Opfer seinen Mörder verurteilt?

VLADIMIR Kein Grund zu klagen.

Er ißt.

Ich bleibe dabei: Der Ermordete wird um alles gebracht. Gewiß, ihm allein gehört der Augenblick der tödlichen Überraschung, mit dem sein Leben endet.

Er ißt.

Aber bist du es denn nicht, die den stolzen Wortschatz des Planes, der Fantasie und des Vorgefühls besitzt? Während er doch stumm bleibt und besitzlos wie ein Ding.

Er ißt und trinkt.

Hör zu.

Er liest weiter vor.

›Die ergiebigste Stelle zum Hineinstechen scheint zwischen Hals und Kinn zu sein.

Er tastet die Stelle ab.

Man hebe das Kinn und stecke das Messer in die gestrafften Muskeln. Die Stelle ist aber wahrscheinlich nur in der Vorstellung ergiebig. Man erwartet dort ein großartiges Ausströmen des Blutes zu sehn und ein Flechtwerk von Sehnen und Knöchelchen zu zerreißen, wie man es ähnlich in den gebratenen Schenkeln von Truthähnen findet.‹

Er legt das Buch zur Seite, ißt und trinkt wieder.

NELLY *nüchtern und eindringlich.* Gustav hat von mir verlangt, daß ich dich verlasse und nur noch ihn liebe. Ich brauchte dich, aber ich brauchte, eine Zeitlang, auch Gustav. Eines Tages erkannte ich, daß er bereit war, mich gewaltsam an sich zu reißen oder aber dich gewaltsam von mir zu reißen. Ich mußte mich also entscheiden.

Sie ißt. So ist das nämlich.

VLADIMIR *steht auf, erregt.* Nein, ich trete nicht als Zeuge auf, niemals werde ich öffentlich aussagen. Lieber lasse ich mich foltern, als in aller Öffentlichkeit Rede und Antwort zu stehn.

NELLY Oh der Prozeß macht mir keine Angst. Die Anwälte sind sehr zuversichtlich. Und der Tote ist schwer belastet.

VLADIMIR Ich verstehe nicht viel, ich will nicht leiden.

Er fällt auf seinen Stuhl zurück.

Was soll ein Mensch noch mehr sagen?

NELLY Eine fliegende Röte auf deinem Hals?

Vladimir schiebt das Geschirr von sich weg und beugt sich müde auf den Tisch nieder. Er schiebt die Ellenbogen aus-

einander und dabei reißt, ohne daß er es bemerkt, die Mittelnaht seines engen Jacketts auf und der weiße Futterstoff wird sichtbar.

VLADIMIR Alles verstehen, alles verzeihen. Viel Geld, viel Ehr. Reich und vernünftig, nein, das geht nicht zusammen.

NELLY Ich irre mich nicht: du kannst kaum noch reden.

Sie geht zu Vladimir und streichelt seinen Kopf. Sie räumt das Geschirr zusammen und stellt es auf einen Wagen. Sie fährt laut den Wagen nach hinten ab. Sie kommt gleich zurück. Nun geht sie ernst und leise, mit gesenktem Kopf. Sie geht zu Vladimirs Arbeitskanzlei hinauf und setzt sich auf die Chaiselongue. Sie sieht über das niedrige Geländer auf Vladimir herab.

Vladimir. Es ist vorbei. Wir sind wieder allein. Wir wollen nur die Worte benutzen, die uns beiden gehören.

Vladimir richtet sich wieder auf. Er spricht jetzt mit einer vollständig verstellten Stimme. Nicht bloß in einer höheren oder tieferen Tonlage, sondern auch mit den besonderen, angeborenen Sprecheigentümlichkeiten eines anderen Menschen, etwa mit vorgeschobenem Unterkiefer oder mit ›einem Kloß in der Kehle‹ usw. Vladimir setzt sich und seinen Vortrag vor Nelly unaufdringlich in Szene. Nelly benimmt sich als aufmerksame Zuschauerin.

VLADIMIR Alles, alles macht heute auf mich einen überwältigenden Eindruck. Ist das heute ein Tag oder sind das gleich zwei auf einmal? Ja. Bin ich nicht – so ruhig ich hier sitze – die Beute einer Horde von wilden Empfindungen und Redensarten? Ja. Wenn ich zurückdenke an die letzten Wochen, die ich ohne Nelly zubringen mußte. Als ich in schwerem Stumpfsinn lag und meine Aufmerksamkeit verwahrloste und ganz zu entschwinden drohte. Ja. Natürlich begann es wieder mit einem plötzlichen Ermatten der Augenkraft. Löste sich diesmal gar die Netzhaut oder zerriß sie? Unruhig lief ich an den drohenden Umrissen entlang und besorgte mir bald eine feste starke Brille. Ja.

Vladimir greift in die Innentasche seines Jacketts, steht auf und holt ein Lederetui hervor. Er zeigt es Nelly. Er will die Brille herausnehmen, aber sie rieselt, in winzige Einzelteile zerbrochen, zermalmt, aus der Hülle durch seine Finger auf den Boden. Er ist verblüfft und ratlos wie ein Clown.

NELLY *lacht und klatscht begeistert in die Hände.* Dein Augenpulver hast du verschüttet, du Lebenskünstler.

VLADIMIR *schaut Nelly streng an, läßt sich nicht beirren (er hält das Etui vor die Augen).* Mit dieser Brille konnte ich endlich wieder meine geliebten argentinischen Geschichten lesen, in die man einblickt wie in einen schwarzen Spiegel. Und immerzu mußt du darauf gefaßt sein, daß du selbst, höchst persönlich beim Namen genannt, darin vorkommst und in ein schlimmes Geheimnis verwickelt wirst. Ja. Ich sitze auf der Veranda, eingehüllt in Decken, und lese sorgfältig. Als ich zur Entspannung einmal weit umherblicke, über die Gartenmauer hinweg, sehe ich dort einen Mann auf der Straße gehen. Ja. Aber kaum hat mein Auge ihn erfaßt, schlägt er zu Boden. Ich erschrecke und sehe ängstlich in das Buch zurück. Dort aber – zu meiner noch größeren Bestürzung – lese ich gerade das, was mir zur gleichen Zeit wirklich widerfährt.

Er zitiert, nimmt das Etui für die Buchseite und fährt mit dem Finger die Zeilen ab.

›Sogleich bildete ich mir ein, ich hätte Basiliskenaugen. Ich laufe in der größten Angst herum und sehe von ungefähr in den Spiegel: und weil mir einfällt, ich hätte Basiliskenaugen, so ward mir nicht anders, als wenn ich vor mir selbst zerbörste...‹ Ja.

Er wechselt in eine unverstellte Sprechweise über.

Nicht wahr, Nelly, du warst in meinen Verstand eingebrochen und ließest mich mit den Augen eines Mörders sehen.

NELLY *zuckt zusammen.* Was fällt dir ein? Du lügst. Ich

habe nichts damit zu tun. Du hast getötet. Du hast den bösen Blick.

VLADIMIR *leise.* Aber du hast Gustav doch geliebt. Du hast ihn aus verzweifelter Liebe getötet.

NELLY Was weißt du. Was ich getan habe, das war die stümperhafte Fälschung eines Verbrechens. Das Original hängt in deinem Kopf, Vladimir.

VLADIMIR *kauert sich auf den Stuhl, mit dem Rücken zu Nelly.* Ich bin nicht schuld. Du verhetzt mich.

NELLY *hebt den Kopf.* Wovon sprechen wir eigentlich?

VLADIMIR Ich weiß es nicht. Ich reagiere nur, ich ahme dich nach.

NELLY *bemerkt den Riß in Vladimirs Jackett.* Deine Jacke ist geplatzt.

VLADIMIR Ich habe nichts gehört.

NELLY Faß doch hin.

VLADIMIR *faßt an seinen Rücken.* Nein. Ich spüre nichts.

NELLY Hast du Hände aus Holz?

VLADIMIR *sieht seine Hände an, streicht mit der rechten Hand über die Stirn.* Nein.

NELLY Zieh die Jacke aus, dann siehst du es.

VLADIMIR Nein.

NELLY Du willst es wieder nicht wahrhaben.

VLADIMIR Doch. So wahr wie möglich.

NELLY Warum ziehst du die Jacke nicht aus?

VLADIMIR Das Ausziehen der Jacke paßt jetzt nicht in meine Stimmung.

NELLY Was für eine Stimmung?

VLADIMIR Eine Liebesstimmung.

NELLY *vorsichtig.* Etwas zum Anfassen?

VLADIMIR *zuckt mit den Achseln.* Kalt, ruhig und unaufhörlich. Wie ein Naturgesetz, so fühlt es sich an.

NELLY Als käme nichts Neues mehr. Als sei ein Ende erreicht.

VLADIMIR Ja. Das endlose Ende aller Widerreden und Nachfragen.

Nelly *nach einer Weile.* Ich möchte bei dir sein, Vladimir.

Vladimir Komm mit. Schnell. Wir steigen tief hinab in die helle, kalte Ebene unter unseren Füßen. Ein ewiger Nachmittag im Januar. Hier kannst du alles vergessen. Wir wissen etwas nur, solange wir es gemeinsam erleben. Und was um uns herum geschieht, das beobachten wir und veranlassen es selbst zur gleichen Zeit. Spürst du nun, was es heißt, keinen Ausweg mehr suchen zu müssen? Nicht mehr lesen, keine Urteile mehr fällen, nicht länger das Neue und Fremde kennenlernen. Wir wollen einander in die vertrauten Gesichter sehen und uns gut zureden. Und was ich sage und wie sich mein Gesicht bewegt, das wird nur ein Echo sein und ein Widerschein von deinen Reden und Mienen. Und dir wird es nicht anders ergehen. Oh das Sprechen fällt mir so leicht, es ist das Allerleichteste. Wenn wir so reden miteinander, werde ich fast schon zum Redner. So sicher und ausgelassen fühle ich mich.

Nelly Komm zu mir. Ich will dich anfassen.

Vladimir rafft das Tischtuch von der Tafel und bindet es ganz schnell um seinen Brustkorb. Jetzt ist der Schlitz in seinem Jackett verdeckt. Er verbeugt sich vor Nelly und läuft, ein wenig albern und angeheitert, zu ihr hinauf. Er legt sich auf die Chaiselongue, den Kopf in Nellys Schoß, und schläft sofort ein. Nelly fährt mit den Händen über seinen Körper. Sie knüpft das Tischtuch auf und zieht es von ihm ab. Sie beginnt, Vladimir an einigen Körperstellen vorsichtig anzufassen. Plötzlich merkt sie, daß sie nicht das gewöhnliche Körperfleisch eines Menschen berührt. Sie greift fester und fester zu. Sie klopft auf einige Körperstellen. Sie schlägt mit der Faust auf einige Körperstellen. Es hört sich so leblos an, als schlüge sie auf Leder. Sie sieht vorsichtshalber ihre Hände an.

Nelly Ist das deine Schlafhaut, ganz aus Leder? Stellst du dich tot?

Sie steht auf und legt das Tischtuch über Vladimir.

Mach das nicht, Vladimir. Ich werde verrückt, wenn ich dich nicht fühlen kann.

Sie geht langsam und voller Angst die Stufen der Treppe hinunter. Ganz leise. Hilfe. Hilfe.

Nelly dreht sich um und sieht zurück auf die Chaiselongue. Vladimir ist verschwunden. Es liegt nur noch das Tischtuch in Falten auf der Chaiselongue. Sie läuft in größter Hast die Treppe hinauf und reißt das Tuch weg. Niemand liegt dort. Sie stößt einen Schrei aus. Sie drückt beide Zeigefinger in ihre Augen.

Seht doch, Augen, seht geradeaus.

Sie schlägt mit beiden Fäusten auf die Sitzfläche der Chaiselongue. Sie preßt beide Handflächen aufeinander.

Fühlt doch, Hände, fühlt.

Sie sinkt in die Knie und fällt vornüber auf die Chaiselongue. Nach einiger Zeit kommt Vladimir von draußen durch die Verandatür. Er hat ein neues Jackett an. Er trägt in der linken Hand eine Vase und in der rechten frisch geschnittene Lilien. Er spricht freundlich und selbstsicher.

NELLY *fährt erschrocken hoch.* Vladimir?

VLADIMIR Hast du gut geschlafen, Nelly?

NELLY Ich habe nicht – habe ich denn geschlafen?

VLADIMIR Bevor ich ins Gewächshaus ging, lagst du dort auf meiner Chaiselongue und hast fest geschlafen.

Nelly läuft die Treppe hinunter und geht auf Vladimir zu.

NELLY *eindringlich.* Ich doch nicht. Du hast eben noch auf der Chaiselongue gelegen und fest geschlafen.

VLADIMIR *seufzt und lacht.* Wie es ist. Wenn zwei sich innig lieben, so kommt es vor, daß sie einander verwechseln.

Nelly reißt Vladimir das Jackett über die Schultern und reißt sein Hemd auf. Man sieht, daß Vladimir einen braunen Lederpanzer trägt.

NELLY Also doch, die Lederhaut.

Vladimir spricht immer noch mit der Vase und den Blumen in den Händen. Er ist ein bißchen verärgert und geniert.

VLADIMIR Warum nicht? Soll mich jeder amoklaufende Matrose niederstechen, wenn ich aus dem Haus gehe?

NELLY Vor wenigen Minuten habe ich mit beiden Fäusten auf deine Lederbrust geschlagen. Das weißt du doch?

VLADIMIR Jetzt durchschaue ich unser Mißverständnis. Es war nach dem Essen, du wolltest mich anfassen, doch ich schlief sofort fest ein. Nicht wahr?

NELLY Ja, ja, ja.

VLADIMIR Aber das war gestern, Nelly, und nicht heute.

NELLY Gestern? Vor drei Minuten war gestern? Ja bin ich denn aus der Zeit gefallen?

VLADIMIR Du bist ein wenig überspannt, hast womöglich schlimm geträumt. Und das Gefängnis wirkt noch nach. Dort sieht ja jeder Tag wie der andere aus.

NELLY Du meinst, es ist nicht – *sie klopft an ihren Kopf* – der Irrsinn?

Vladimir wendet sich von ihr ab und geht, während er spricht, zur Galerie nach hinten. Nelly folgt ihm wie angezogen.

VLADIMIR Es ist nicht der Irrsinn. Jetzt, wo du wieder frei bist, mußt du in jeder Sekunde, die du erlebst, sorgfältig auf dich aufpassen. Vergißt du dich einmal, so kann es sein, daß plötzlich viel, viel längere Zeit vergeht, als dir bewußt ist. Und da würdest du doch schnell ganz alt und häßlich werden.

NELLY Ja, Vladimir. Ich passe auf.

Sie gehen durch die Galerie ab. Man hört eine Zeitlang ihre Schritte hallen.

Es wird dunkel.

Vladimir liegt auf seiner Chaiselongue und schläft. Vera kommt, auf Zehenspitzen, durch die Galerie. Sie trägt, aufgebauscht zu einem großen unordentlichen Haufen, den Schleier, von dem eine Probe am Veranda-Vorhang hängt. Der Schleierberg verdeckt ihren Oberkörper und ihr Gesicht. Sie ist nicht zu erkennen, bis sie ihre Ladung auf dem Sofa absetzt. Sie geht vorsichtig auf Vladimir zu und vergewissert sich, daß er fest schläft. Dann gibt sie ein Handzeichen nach hinten, und Nelly kommt hinzu. Die Frauen machen sich an dem Stoff zu schaffen, breiten ihn aus, vermessen ihn und wollen ihn zuschneiden.

NELLY Wenn ich nur wüßte, wer uns diese Pracht ins Haus geschickt hat. Zwei Dutzend Bräute könnten wir damit verschleiern.

VERA Und wenn es der gnädige Herr selbst gewesen ist?

NELLY Vladimir? Er behauptet, ich hätte das Zeug bestellt.

VERA *setzt sich auf die Sofalehne und schluchzt.* Man versteht ihn so schlecht. Man weiß nicht genau, was er will. Ich komme mir vor, wie der dümmste Stubentrampel. Ich komme mir vor wie der Elefant im Porzellanladen. Ich finde vielleicht nicht immer das treffende Wort, aber meine Gefühle sind doch nicht von Pappe. Ich lege meine Worte nicht auf die Goldwaage, aber die stumme Marie will ich doch auch nicht spielen.

NELLY Aber Vera, was haben Sie denn? Hat er Sie ungerecht behandelt?

VERA Mundtot hat er sich gestellt. Wie ein erster Mensch ist er gewesen. Kein Wort hat er über die Lippen gebracht, solange Sie fort waren, Madame. Ich bin ein einfacher gerader Kerl. Wie soll ich mich auskennen mit den lächerlichen und garstigen Zeichen, die er gegen mich ausstieß?

NELLY Welche Zeichen?

VERA Durch die Nase geschnaubt, das Kinn gekratzt, die Finger gespreizt, die Rockschösse gehoben, die Lippen gekräuselt, die Augen verdreht, ausgespuckt, gepfiffen und geknurrt – und jedes hatte seine Bedeutung. Nein, Madame, das ist nicht die Sprache, die unsereins verstehen und befolgen kann.

NELLY Wenn du ihn lieben würdest, so wie ich, dann würdest du dich freuen und glücklich sein über jede seiner herrlichen Gebärden. Und du selbst, wenn du ihn nur liebst, fühlst, wie er jeden deiner Blicke, jede Nervenregung behutsam beobachtet und sicher versteht. Jedes deiner Worte fällt in das dichte Netz seiner Gedanken und Sinnbilder, und er holt es vorsichtig ein, um das, was du gesagt hast, darin zu verknüpfen oder auszuscheiden und zu vergessen.

VERA Ach Madame, Sie beide haben Ihr Geheimnis, aber wir anderen Leute haben unsere liebe Not. Wenn Sie wüßten, was für eine Veranstaltung er ausgeführt hat. Immer wieder ein und dieselbe schreckliche Szene.

NELLY Welche Veranstaltung, welche Szene?

VERA Es ist nicht zum Sagen. Solch einen Grusel hat er mit Ihnen getrieben. Wie Sie den Chemiker ermordet haben sollen. Wie Sie es haarklein angestellt hätten, wie lautlos und grausam.

NELLY Das ist nicht wahr. Was hat er Ihnen erzählt?

VERA Nichts. Vorgemacht hat er alles so scheußlich. Wie ein Tänzer so stumm und besessen. Und daß die Untat ganz gewissenhaft nach einem teuflischen Plan vollbracht worden sei.

NELLY *ruft Vladimir zu.* Du häßliches Lügenmaul.
Sie nimmt sich zusammen.
So ist es eben. Vladimirs Fantasie bricht manchmal aus seinem Kopf aus und fährt ihm in alle Glieder. Aber du hast ihm doch kein Wort geglaubt.

VERA Ja wäre nur ein Wort aus seinem Mund gekommen, ich hätte ihm schon heftig widersprochen.

Nelly Du hast ihn falsch verstanden. Du kennst dich nicht aus mit seinen Spielen. Gewiß wollte er dir auf seine alberne Art nur einen guten Morgen wünschen. Oder, wenn er getanzt hat, wollte er sagen: Bring mir die Fußcreme, du siehst, ich kann nicht fest und sicher stehen.

Vladimir *aus dem Schlaf.* Laß mich doch, Jakob. Ja, laß mich, Jakob.

Vera Er träumt von seinem Vater.

Nelly Nein, er träumt nicht. Er denkt sich etwas aus im Schlaf. – Woher weißt du, daß sein Vater Jakob heißt?

Vera *ein wenig verstört.* Nun ja. Woher soll ich es wissen. Er hat es mir vorgestikuliert. Wie alles übrige auch.

Nelly Was denn sonst?

Vera Daß sein Vater Jakob einen Kropf hat.

Sie macht, ein wenig gehemmt, die Geste nach, mit der ihr Vladimir das offenbar mitgeteilt hat.

Und daß er deshalb schwer zu Atem kommt. Und daß seine Mutter *(sie buchstabiert mit dem Fingeralphabet)* Elisabeth heißt und wohl bald zu Besuch kommen wird.

Sie deutet eine ältere Frau an, die an die Türe klopft, nachdem sie zwei schwere Koffer abgesetzt hat.

Nelly Was du nicht alles weißt. Du bist ja zu seiner Vertrauten geworden.

Vera Denken Sie nichts Schlimmes von mir, Madame. Das viel zuviele Wissen bringt mich ganz durcheinander.

Nelly Dann müssen wir sehen, wie du es schnell wieder loswirst.

Sie legt scheinbar freundlich ihre Hand in Veras Nacken und führt sie zur Arbeit hin.

Wenn Elisabeth kommt, soll der feine Vorhang hängen. Bis dahin wirst du alles wieder vergessen, nicht wahr?

Vera steht so, daß sie sehen kann, wie Vladimir sich von der Chaiselongue erhebt und aufsteht. Er zeigt mit der rechten Hand schnell und maschinenhaft auf Nelly und macht dann ein Zeichen des Erwürgens. Er führt beide

Hände an die Kehle und streckt weit die Zunge heraus. Nellys Hand liegt immer noch auf Veras Nacken. Vera schreit auf und reißt sich los.

VERA Nein. Nicht.

Nelly, die Veras Blicken folgt, dreht sich schnell um und sieht Vladimir ruhig auf der Chaiselongue sitzen. Er lacht freundlich und lockt sie mit dem rechten Zeigefinger. Vera hält beide Hände vors Gesicht. Nicht.

NELLY *geht auf Vladimir zu.* Ja, Vladimir, ich komme.

Es wird dunkel.

Vorhang.

Derselbe Raum. Die neuen Vorhänge sind inzwischen angebracht. Vladimir liegt auf der Chaiselongue und schläft. Er hat ein helles Seidenhemd und eine dunkle Hose an, Nelly und die Gebrüder Spaak stehen vor der Chaiselongue und betrachten den Schlafenden. Die Gebrüder Spaak sind, wie Zwillinge, gleich gekleidet, grau und muffig. Was aber ihre Körperstatur betrifft, so stehen sie zueinander in einem einschlägig komischen Kontrast. Es gibt einen dünnen Langen (Spaak 1) und einen dicken Kleinen (Spaak 2). Sie tragen beide Hüte und sie haben einen flachen kleinen Lederkoffer bei sich, mit einem geteilten Griff, den der eine in der rechten, der andere in der linken Hand hält.

NELLY Nein, er träumt nicht. Wenn er schläft, erholt er sich von seinen Träumen.

Spaak 2 nickt verständnisvoll. Spaak 1 schüttelt verständnislos den Kopf. Sie gehen die Treppe hinunter und setzen sich nebeneinander aufs Sofa. Sie nehmen die Hüte ab und legen sie neben sich aufs Sofa. Während des Gesprächs achten sie mit einer unruhigen Fürsorge aufeinander. Spaak 1 wippt mit dem Hintern auf der Sofakante und sieht zuweilen abrupt seinem Bruder ins Gesicht. Spaak 2 wirft sich oft massig und unwirsch in den Sofarücken, wischt sich mit der Hand übers Gesicht, schnellt vor, um seinem Bruder ein Haar, eine Fusel vom Jackett zu pflükken, um ihm die Rockschöße stramm zu ziehen usw. Nelly läuft in nervöser Mißstimmung auf und ab.

SPAAK 2 Wir finden einen Weg.

SPAAK 1 Wir werden Mittel und Wege finden.

NELLY Wagt ihr die ganz gemeine Erpressung?

SPAAK 1 Ja.

SPAAK 2 Ja und nein.

Er sieht sich um.

Der Skandal lauert an jeder Türritze. Unser Risiko ist atemberaubend.

SPAAK 1 *schießt empor, zeigt auf Vladimir.* Dieser leutselige Schlafwandler verrät uns alle. Er bringt uns alle ins Zuchthaus. Er gehört auf eine Expedition. Weit fort ins schwarze Land.

NELLY Ich habe mein Leben gewagt, ich habe das schwarze Verbrechen riskiert, damit die pharmazeutischen Betriebe ›Gebrüder Spaak & Co.‹ in den Besitz eines bahnbrechenden Arzneimittels gelangen.

SPAAK 1 *heult auf.* Ojeojeoje.

SPAAK 2 *greift zum Koffer und holt Papiere heraus; bleich und zitternd.* In den Unterlagen, die Sie gütigst erbeutet haben, lauert der schwarze Wahnsinn.

SPAAK 1 Alles umsonst. Nichts gewesen außer Spesen.

SPAAK 2 Unsere Chemiker haben eine Analyse gemacht. Sine ira et studio.

SPAAK 1 Das Lungen-Präparat des ehemaligen Herrn Doktor Mann ist lebensgefährlich.

NELLY *stürzt sich auf die Papiere.* Was wollt ihr mir weismachen?

SPAAK 1 Wohl greift es den schwarzen Bazillus wirksam an –

SPAAK 2 Aber dabei fliegt das Herz in die Luft, bricht der Kreislauf aus der Bahn.

NELLY Gustav hat sein Lebtag nur an diesem Mittel geforscht.

SPAAK 1 *sieht Spaak 2 an.* Unglaublich. Eine lückenlose Kenntnis der schädlichen Nebenwirkungen konnte man ihm zutrauen.

SPAAK 2 Nelly, Sie haben diesem Abenteurer eine lebensgefährliche Enttäuschung erspart.

NELLY Idiot.

SPAAK 1 *zeigt mit dem Daumen auf Spaak 2.* Er hat recht, wie Sie wissen.

SPAAK 2 Herr Mann –

Spaak 1 *legt Spaak 2 eine Hand aufs Knie; ganz kurz, ein verunglückter Scherz.* Hermann.

Spaak 2 *unbeirrt.* Herr Doktor Mann litt an einer hartnäckigen Selbsttäuschung.

Spaak 1 Wollte er nicht einen eigenen Betrieb begründen auf seinem Unheilmittel? Der Idiot.

Spaak 2 Alles umsonst. Atemberaubend.

Nelly *in einem Ausbruch von Zorn.* Was weiß ich denn von euch, ihr Schädlinge.

Spaak 2 Und welche Gewähr bieten Sie uns, Sie und Ihre beschädigte Ehre?

Spaak 1 Uns belasten Kaution und Anwaltskosten, aber –

Spaak 2 Was uns ärger bedrückt, die Voraus-Investitionen zur Einführung des Mann-Präparats.

Nelly Und ich allein soll für die Enttäuschung büßen?

Spaak 1 Alles geht zu unseren Lasten. Wir sorgen dafür, daß Sie sich vorteilhaft und unbemerkt aus unseren Geschäften zurückziehen können.

Spaak 2 Sie verkaufen uns Ihre Besitzanteile –

Spaak 1 Und im Elsässischen wartet eine kleine ordentliche Fabrik – Heilkräuter-Tee für Herz und Kreislauf –, die Sie mit Ihrem flüssigen Kapital sofort übernehmen können.

Spaak 2 Es ist alles lückenlos vorbereitet.
Er holt wieder Papiere aus dem Koffer.

Nelly Solange ich bei Vernunft bin, bleiben die Anteilsrechte, die ich von meinem Vater geerbt habe, in meiner Hand. Schluß jetzt.

Spaak 1 So kommen Sie doch zur Vernunft. Selbst wenn die Affäre Mann zu dem erwarteten Erfolg geführt hätte, auf die eine oder andere Weise hätten wir uns auch dann voneinander trennen müssen.

Spaak 2 Können Sie sich vorstellen, daß das Unternehmen, welches wir führen –

Spaak 1 In der Verantwortung für unsere kranken und leidenden Mitmenschen –

SPAAK 2 Daß es in ein kriminelles Zwielicht gerät?

NELLY *stampft mit dem Fuß auf, hält den Arm vor die Augen.* Ihr schwarzes Gelichter. Ihr Spinnen. Ich will euch nicht mehr sehen. Keinen Schritt gebe ich euch nach.

Sie zieht einen Schuh aus und schleudert ihn gegen die Gebrüder Spaak.

Vladimir. *Sie läuft zu ihm und rüttelt ihn wach.* Komm mit mir. Wir gehen aus. Die Pest ist zu Besuch.

Sie wartet nicht auf Vladimir. Sie läuft eilig durch die Galerie ab. Man hört, wie sie nur mit einem Schuh auftritt. Vladimir erwacht und setzt sich auf. Er erblickt die Gebrüder Spaak, die, etwas eingeschüchtert, auf dem Sofa zusammengerückt sind. Vladimir holt tief Luft und stößt einen hundehaften Heullaut aus. Dann beobachtet er die Gebrüder Spaak eine Zeitlang ruhig.

SPAAK 2 *flüstert Spaak 1 zu.* Wir müssen ihr auf den Fersen bleiben.

VLADIMIR Wie kommt Nellys Fuß in eure Hände?

Spaak 1 bekommt plötzlich ein Gefühl für den Schuh in seiner Hand. Er gibt ihn rasch an Spaak 2 weiter. Spaak 2 drückt den Schuh zärtlich an seine Wange. Spaak 1 nimmt ihm darauf den Schuh weg, stellt ihn auf den Boden.

SPAAK 1 Dieser Schuh gehört an Nellys Fuß. Das steht fest.

SPAAK 2 *hat eine Ausrede gefunden.* Unsere liebe Frau Nelly hat diesen Schuh hinterlassen, weil wir sie um eine kleine Reliquie gebeten haben.

VLADIMIR *empört.* Oh.

Spaak 1 rückt sofort von Spaak 2 weg und wendet sich Vladimir zu. Spaak 2 nimmt eine lockere, separate Haltung ein. Er schlägt die Beine übereinander und legt die gefalteten Hände in den Nacken.

SPAAK 1 *sich entschuldigend.* Manchmal kann man es einfach nicht ausdrücken.

SPAAK 2 *lächelt.* Doch, doch. Sie ist ausgeschlüpft und hat ihren nackten Fuß hervorgeholt.

Vladimir *droht Spaak 2.* Du. Nimm endlich Vernunft an. Ein für allemal: Der Schuh steht dort, weil Nelly vorbeikommen wird, um mit ihrem linken Fuß hineinzuschlüpfen.

Spaak 1 Sehr richtig. *Spaak 2 kichert frech, wippt mit dem übergeschlagenen Bein.*

Vladimir *eröffnet unversehens ein Sachgespräch.* Ein hoher Heeresoffizier schrieb mir kürzlich, daß wir auf keinen Fall die Buren militärisch unterstützen werden. Was meinen Sie dazu?

Spaak 1 Traurig, aber korrekt. Ganz Europa sieht tatenlos zu, wie die Engländer an unseren tapferen Goldgräbern den nackten Raubmord begehen.

Spaak 2 *als politischer Debattant.* Nein, nein. So kann man es nicht ausdrücken. Das sind nur Redewendungen, private Meinungen. Sehen wir uns doch einmal die Wirklichkeit an. Wir, die ›Gebrüder Spaak & Co.‹, liefern an die englische Armee sogar tonnenweise Insektenpulver und Abführmittel. *Spaak 2 wird weder von Spaak 1 noch von Vladimir beachtet.*

Vladimir Nicht wahr, ein russischer General könnte niemals solch ein englisches Heer anführen?

Spaak 1 Niemals. So wenig wie ein lutherischer Pastor einen Pilgerzug nach Lourdes anführen könnte.

Spaak 2 *verärgert.* Lüge, Lüge. Ich selbst habe in London einen gebürtigen Russen getroffen, der jetzt gegen die Buren kämpft. Vielleicht kein General, aber doch ein hoher Offizier. Leonid Marwensky oder Marwinsky hieß er. Jedenfalls mit einem englischen Ypsilon an seinem russischen Namen.

Spaak 1 *zu Vladimir.* Immerhin. Der pharmazeutische Handel ist doch ein Segen. Gerade dort, wo er die kriegerischen Unternehmungen in den schwarzen Ländern begleitet. Denken Sie nur, wieviele prächtige Feldherrn der Geschichte haben Ruhm und Sieg jäh einem bösartigen Fieber opfern müssen. Heute jedoch –

VLADIMIR Erlauben Sie mir, daß ich Ihnen sogleich widerspreche. Für mein Empfinden gibt es keinen helleren Rausch als den schweren Fiebertraum. Wann denn, wenn nicht in diesem überreizten und zugleich äußerst willenlosen Zustand durchflutet das Hirn eine ähnliche Fülle von strahlenden Sinnbildern, rätselhaften Gedanken und nie vernommenen Stimmen. Und wer, wenn nicht der Fieberkranke, erlebt in den Augenblicken der höchsten Körpergefahr jene Ruhe der hellen Begeisterung, jene bergende Gleichgültigkeit, in der er sich allem überläßt, was im Inneren oder von außen ihm zustößt oder zustoßen könnte. An der zarten Grenze aller Grenzen gelangt dann der Kranke oft mit jedem Traumschritt zwei Fußspannen über den eigenen Tod hinaus. Er sieht sich, ja er erkennt sich in dem alten Bild vom ewigen Flaneur, der zur Mittagsstunde an den Ufern seines Hirns dahinspaziert und sich zerstreut. Längst ziehe ich den schweren Fiebertraum allen anderen künstlichen Paradiesen vor. Denn er fällt gewaltiger über mich und meinen Körper her und läßt uns beide später wie neuerschaffen zurück.

SPAAK 2 *verärgert.* Lieber Herr, wie können Sie nur so selbstsüchtig daherreden. Jeder Kämpfende, jeder, der einen kämpferischen Auftrag zu erfüllen hat, kann durch ein schweres Fieber um alles, um seine Ehre und um sein Leben, gebracht werden.

Er flüstert Spaak 1 zu. Und du – warum läßt du dich auf solch ein unpharmazeutisches Geschwätz ein? Hatten wir nicht etwas Wichtigeres vor mit der verwöhnten Schlafmütze?

SPAAK 1 *dreht sich langsam zu Spaak 2 um.* Du närrischer Elefant. Du trampelst auf meinen Nerven herum.

Spaak 1 packt Spaak 2 an der Taille und zieht ihm das Hemd aus der Hose.

VLADIMIR *wie auf ein Stichwort.* Bevor es anfängt, spüre ich, wie sich die Nerven spannen. Sie zittern und klirren, wie

Telefondrähte, wenn es friert. Die Augen aber drohen auszulaufen, verwässern sich zu zwei hellen Tropfen, die anschwellen und für immer davonrinnen, die kalten Wangen hinunter, und zurückbleiben zwei grindige Höhlen. Zwei Pißlöcher im Schnee.

SPAAK 2 Ekelhaft. *Er nimmt ein Taschentuch aus der Hose und schneuzt sich heftig die Nase. Dann stützt er sich mit dem Ellbogen auf die Sofalehne und legt seinen Kopf in die offene Handfläche.*

SPAAK 1 *zu Vladimir.* Unsere Heilmittel –

VLADIMIR *unwillig.* Ach was.

Spaak 1 verstummt sogleich und läßt das Kinn auf die Brust sinken.

Und dann, wenn der große schwarze Krieg ausbricht, was macht ihr dann? Schweigen Sie doch.

Vladimir steht auf und setzt sich an seinen Schreibtisch vor dem Aquarium. Er ordnet seine Aufzeichnungen. Nelly kommt in vollständiger Ausgehgarderobe herein. Sie läuft schnell bis zu ihrem Schuh, in den sie geschickt hineinschlüpft. Dann geht sie langsamer weiter, kommt hinter das Sofa.

VLADIMIR *ohne von seinen Papieren aufzublicken.* Nelly?

NELLY Ja, Vladimir.

VLADIMIR *wendet sich Nelly zu, lächelt.* ›Que tous ses pas etaient des sentiments.‹ Es hört sich an, als müßtest du mir dringend etwas berichten.

NELLY *geht ein paar Schritte auf Vladimir zu; leise.* Jetzt nicht. Bitte. Ich weiß nicht, wo mir der Kopf steht. Ich weiß weder ein noch aus.

VLADIMIR *mit übertriebener Gelassenheit.* Aber in der vernünftigen Welt gibt es keinen einzigen Ort, an dem du weder drinnen noch draußen bist – im Verhältnis zu allen übrigen Orten der vernünftigen Welt. Wo also steckst du?

NELLY *erregt.* Hat dir schon mal jemand gesagt: *(Sie ahmt unverkennbar die Sprechweise von Spaak 1 nach)* ›Selbstverständlich nehmen wir Rücksicht auf Ihre persönlichen Gefühle, auch wenn wir selbst keine persönlichen Gefühle kennen.‹

Nelly legt Hut und Mantel ab und läßt sie zu Boden fallen. Spaak 1 fährt zusammen, wenn Nelly ihn imitiert. Er springt in diesem Moment auf, wo Nellys Mantel zu Boden fällt.

SPAAK 1 *versucht, süffisant zu sein, ist aber zu aufgeregt.* Eine Abendpromenade mit nur einem Schuh? Ist das nicht ein bißchen gewagt?

VLADIMIR *springt auf und schreit.* Sie frecher Kriegsgewinnler. Sind Sie hier der Detektiv oder bin ich es?

SPAAK 2 *ebenfalls erregt, springt auf und schreit.* Halt den Mund, du parfümierter Waschlappen, sonst stopfen wir dir den Mund.

NELLY *laut und streng.* Halt. Jetzt wird euch schwarz vor den Augen.

Sie wirft sich mit dem ganzen Gewicht ihres Körpers gegen den Sofarücken und stößt den stehenden Spaaks die Sitzfläche in die Kniekehlen, so daß sie unwillkürlich in die Polster zurückfallen. Es geht blitzschnell: Nelly rafft ihren Mantel vom Boden auf, holt den Revolver hervor, schleudert den Mantel den beiden Spaaks über den Kopf, so daß sie nichts mehr sehen, und feuert hintereinander drei Schüsse ab. Sie schlagen alle drei in das Aquarium ein. Die beiden Spaaks schreien auf, als fühlten sie sich getroffen. Ihre Hände krallen sich in das Chaiselongue. Ein erstaunter kurzer Aufschrei von Vladimir, der sofort mit beiden Händen die Löcher in der Aquariumswand zuhält. Dann, ein paar Sekunden später, noch ein Aufschrei von Vera, die hereingelaufen kommt und überblickt, was geschehen ist.

VERA Aber haben Sie denn kein Herz für die Fische? Sie sterben den Erstickungstod. Armer Herr Vladimir. Ich hole einen Eimer Wasser zur Ersten Hilfe.

Vladimir nimmt die Hände von den Löchern und läßt das

Wasser hervorsprudeln. Er nimmt seine Papiere vom Schreibtisch und geht die Treppe hinunter.

VLADIMIR Laß nur, Nelly. Den Fischen ist nicht mehr zu helfen. Ich habe meine Experimente abgeschlossen. Die Tiere sind allesamt sterbenskrank. Meine Herren Fabrikanten. Ich appelliere an Ihre wissenschaftlichen Interessen.

Die Gebrüder Spaak kommen unter Nellys Mantel hervor.

Sie sollten sich mit meiner Arbeit über Schädigungen der Atemorgane bei Süßwasserfischen befassen. Gewiß, es sind Forschungen und Beobachtungen eines ehrgeizigen Laien, die ich hier ausführlich mitgeteilt habe.

Er überreicht Spaak 1 sein Manuskript. Dennoch wird Ihnen diese Schrift die Augen öffnen. Methodisch handelt es sich um Untersuchungen über bakterielle Krankheitserreger in Fischkörpern. Praktisch aber komme ich zu solch verblüffenden Ergebnissen wie etwa dem: daß bereits geringe Spuren Amoniak, zu deutsch einige Käsekrümel, genügen, um bei jungen Schleierschwänzen fortschreitende Wucherungen und Zerstörungen des Kiemenepithels zu verursachen. Ja. Nun werden Sie fragen: Mensch und Fisch, wie vergleicht sich das? Meine Herrn, lesen Sie die Studie, lesen Sie sie. Ganz besonders achten Sie aber auf das Kapitel über die sogenannte ›Blutende Hostie‹. Da werden Ihnen die Augen übergehen. Sie wissen, wovon ich spreche?

SPAAK 1 *blättert scheinbar interessiert in der Studie.* Ich spüre es, ich kann es mir vorstellen.

SPAAK 2 *unbefriedigt.* Sie sprechen vom pharmazeutischen Hintergrund der Sache?

NELLY *äußerst gereizt.* Vera, bitte stellen Sie das Wasser ab, sofort.

Vera geht zum Aquarium, steht davor und tritt unruhig von einem Bein aufs andere.

VERA Wie soll ich denn? Ich weiß mir keinen Rat.

Schließlich hält Vera, wie zuvor Vladimir, die Hände auf die Löcher.

Spaak 1 Lieber Herr Vladimir, ich bin ganz aufgeregt.

Vladimir, der wirklich aufgeregt ist, setzt sich zwischen Spaak 1 und Spaak 2 aufs Sofa.

Spaak 1 Lassen Sie mich offen zu Ihnen sprechen.

Spaak 2 *trocken.* Eine kleine Gruppe unseres Forschungsstabs ist vergangene Woche aufgebrochen zu einer Expedition in unsere ostindischen Kolonien. Sie suchen in den Urwäldern von Borneo nach den Grundstoffen alter ätherischer Öle.

Spaak 1 Alle möglichen Experten sind unterwegs. Nur einen tüchtigen, wißbegierigen Fischsachverständigen konnten wir nicht auftreiben. Und nun sitzen Sie hier. Vladimir, Sie müssen Ihr junges Talent im Dschungel erproben. Fahren Sie los nach Batavia.

Er legt die Studie beiseite.

Nelly Vladimir. Spaak. Wenn ihr nicht sofort still seid –

Vladimir Eine Expedition. Ja, ja. Aber sehen Sie sich meine Füße an.

Er ist dabei, seine Schuhe auszuziehen.

Nelly *droht mit dem Revolver.* Spaak, wenn ihr nicht augenblicklich hier verschwindet, dann passiert etwas Schreckliches.

Elisabeth, in vollständiger Reisegarderobe, kommt durch die Galerie herein. Sie trägt zwei Koffer in den Händen.

Elisabeth Nimm dich in acht, mein Kind. Es ist Schreckliches genug passiert.

Alle sehen sich um nach Elisabeth.

Nelly Elisabeth.

Vladimir Ach Mama, du kommst zu spät.

Vera Es ist viel passiert, aber jetzt wird alles gut.

Vera nimmt ihre Hände von den Löchern in der Bassin-Wand weg und läuft zu Elisabeth. Sie nimmt ihr Gepäck und ihre Garderobe ab.

Elisabeth Nelly, ich muß dich dringend unter vier Augen sprechen.

Nach einer Weile erheben sich die Gebrüder Spaak und ver-

abschieden sich auf komische Weise. Sie gehen hintereinander ab. Vladimirs Studie lassen sie achtlos liegen auf dem Sofa. Vladimir, der das bemerkt, fühlt sich einen Augenblick lang enttäuscht. Dann nimmt er das Manuskript an sich und läuft den Spaaks nach. Er schwingt es in der hocherhobenen rechten Hand. Aber nach ein paar Schritten gerät er ins Humpeln. Vera kommt ihm zu Hilfe. Vladimir stützt sich auf Vera, die außerdem schwer beladen ist. Er küßt sie auf die rechte Schläfe. Alle außer Nelly und Elisabeth gehen ab.

NELLY Ich warne dich. Es gibt kein Gespräch mit mir. Du würdest es nicht überleben.

Elisabeth seufzt laut und läuft auf Nelly zu. Sie nimmt Nellys Kopf in beide Hände, schüttelt ihn und schaut ihm ins Gesicht. Dann hält sie ihr linkes Ohr dicht an Nellys Mund.

Es wird dunkel.

II, 2

Ein später Nachmittag im Januar. Es fällt ein kaltes Dämmerlicht durch das Verandafenster. Vladimir und Elisabeth. Sie sitzen weit auseinander. Vladimir sitzt an seinem Schreibtisch. Das durchgeschossene Aquarium ist jetzt voll von fantastischen Pflanzen. Elisabeth sitzt in einem bequemen Korbstuhl auf der erhöhten Fläche vor dem Verandafenster. Die Tür zum Garten steht offen. Elisabeth hat eine Decke um die Beine geschlagen.

ELISABETH Mein Detektiv – dein Vater, Vladimir – hat es an den Tag gebracht.

VLADIMIR Aber der Tag klärt die Nacht nicht auf.

Er schreibt diesen Satz auf ein Papier.

ELISABETH Ein böses Erwachen. Ich habe es vorausgesehen.

VLADIMIR Wer nicht mehr klarsieht, wird leicht zum Hellseher. *Er schreibt den Satz auf.*

ELISABETH Wirst du ihr immer noch vertrauen, wider besseres Wissen?

VLADIMIR Ich weiß wenig, aber das Wenige, das ich weiß, hängt eng und fest zusammen. *Er schreibt den Satz auf.*

ELISABETH *wiederholt.* Wider besseres Wissen.

VLADIMIR Mein Glück mache ich wider besseres Wissen oder nie. *Er schreibt den Satz auf.*

ELISABETH Die Gebrüder Spaak haben euch fest in der Hand.

VLADIMIR ›Du erinnerst mich an meine eigene Wahrnehmung‹, sagte der alte König und grollte.

ELISABETH Mein lieber Junge, Nelly hat dich hinters Licht geführt. Sie hat dich betrogen mit einem Liebhaber. Aber noch mit dem Mord an ihrem Liebhaber hat sie dich betrogen. Nicht aus verzweifelter Liebe zu dir – aus ganz gemeinen Geschäftsinteressen wurde dieser Gustav Mann umgebracht. Nelly hat ihn im Auftrag der ›Gebrüder Spaak‹ ermordet. Sie sollte ein Tuberkulose-Präparat erbeuten, das er entwickelt hat und wie seinen Augapfel hütete. Die Liebhaber-Tragödie wurde nur für dich und für den Staatsanwalt erfunden. Du harmloses Scheusal.

VLADIMIR *beleidigt.* Oh.

ELISABETH *wiederholt, fast traurig.* Du harmloses Scheusal.

VLADIMIR Das lasse ich mir nicht zweimal sagen, dir werde ichs zeigen. Du und dein gemeines Unwissen über dich selbst. Du weißt nicht, wie du redest. Du hast dich nicht im Kopf, wenn du sprichst. Du weißt nicht, wie du aussiehst. Wie du gehst. Du hast keine Ahnung von dem Eindruck, den du machst. Du sitzt da und schwätzt von einer ›entlarvenden Tatsache‹ und bist doch selbst nur eine einfältige Tatsache, ein niedriges Dingwort. ›Meine Mutter‹ – eine alte unbewußte Frau. Und natürlich nimmst du auch nicht wahr, was ich dir ausdrücklich vormache. Ich rolle die Schultern, ich schlage die Gebeine übereinander, ich schwitze sogar. Du fragst nicht einmal, was ich hier aufschreibe. Hör zu. Nelly soll töten, wen sie mag. Meinetwegen auch dich. Solange ich keine Schmerzen habe, wenn sie in meiner Nähe ist, bleibt sie meine einzige Liebe.

ELISABETH *gibt willenlos ein Echo.* Bleibt sie meine einzige Liebe.

VLADIMIR Sehr richtig. *Er wiederholt, was er eben gesagt hat, als sagte er es zum erstenmal.* Und natürlich nimmst du auch nicht wahr, was ich dir ausdrücklich vormache. Ich rolle die Schultern, ich schlage die Gebeine übereinander, ich schwitze sogar. Du fragst nicht einmal, was ich hier aufschreibe. Bist du denn ganz stumpfsinnig?

ELISABETH *hilflos.* Was schreibst du denn da auf?

VLADIMIR Was ich gesagt habe, schreibe ich auf.

Er schreibt den Satz auf.

ELISABETH Und was ich gesagt habe?

VLADIMIR Das schreibe ich nicht auf.

ELISABETH Ich kann mir nicht vorstellen, wie du alleine leben willst. Über die langen Jahre hin. Während Nelly im Zuchthaus sitzt. Der Vater meint, du solltest zu uns aufs Land kommen.

VLADIMIR *bleibt eine Weile stumm vor Abscheu; er spricht kalt und ruhig.* Darauf das ruhige, sich langsam mit Abscheu füllende Erstaunen. Der kalte Schein der weiten Augen. Und im Mund *Er nimmt einen Schluck Milch.* hält er noch einen Schluck Whisky am Gaumenrand zurück. Sagen, erwidern kann er darauf nichts. Jetzt müßte er in Umschreibungen ausweichen, müßte Wörter im ›übertragenen Sinne‹ gebrauchen. Wenn es irgendwie weitergehen soll.

ELISABETH *unruhig.* Nun, sag etwas.

VLADIMIR *sieht sich erschrocken um.* Wieso? Schweige ich denn? Ich schweig doch nicht, ich schweige doch nicht.

ELISABETH *rutscht in ihrem Sessel herum.* Wie? Sprich laut und deutlich. Was sind das für schreckliche Geräusche? Ich kann dich nicht verstehen.

Sie steht auf und schließt die Verandatür. Sie wendet sich Vladimir zu.

VLADIMIR *klammert sich an seinen Stuhl und schreit.* Weil ich Nelly liebe wie ein Schwein.

ELISABETH *sieht ihn traurig an.* Mein Junge, jetzt schneidest du wieder Gesichter.

VLADIMIR *deklamiert wütend.* ›Die Liebe höret nimmer auf, so doch die Weissagung aufhören wird und die Sprachen aufhören werden und die Erkenntnis aufhören wird.‹

ELISABETH Du schneidest mir Gesichter. Gräßlich. Hör auf damit.

Vladimir schreibt den Satz, den er soeben zitiert hat, auf. Er geht mit den Blättern hinunter zu Elisabeth und gibt ihr die Blätter. Er setzt sich in den Korbstuhl und zieht die Decke über seine Beine. Elisabeth liest, was auf dem ersten Blatt steht. Sie beginnt leise zu weinen. Sie setzt sich auf Vladimirs Knie. Er nimmt die Blätter wieder an sich. Nelly kommt lautlos – barfuß – durch die Galerie. Sie steht plötzlich im Raum.

NELLY Oh ich störe euch. Ich komme später wieder.

Elisabeth richtet sich auf. Sie bemerkt Nelly nicht, sie sitzt so, daß sie ihr den Rücken zuwendet. Wenn Nelly zuende gesprochen hat, dreht sie sich um und schaut Vladimir ins Gesicht.

VLADIMIR *spricht Elisabeth an.* Bleib hier. Sie hört dich nicht.

Elisabeth wendet sich ab und legt beide Hände auf ihre Ohren.

NELLY *spricht ohne Ton, macht überdeutliche Mundbewegungen.* Sie weiß, was sie damit bezweckt.

VLADIMIR *laut.* Was sagst du?

ELISABETH *leise, für sich.* Deine Nelly habe ich barfuß gesehen. Sie sieht so unanständig aus.

NELLY *leise.* Sie weiß, was sie damit bezweckt.

VLADIMIR *hört an Elisabeths rechtem Ohr.* Nein, nein. Es rauscht in ihren Ohren. Eine Hörabsence. Du kannst sagen, was du willst.

NELLY Ich nehme kein Blatt vor den Mund. Wie liebevoll ihr beieinander sitzt.

VLADIMIR *hält ihr die Blätter hin.* Da kannst du lesen, was ich ihr geantwortet habe.

Nelly nimmt die Blätter und liest darin. Vera kommt schnell durch die Galerie herein.

VERA Ein eingeschriebener Brief für die gnädige Frau.

Sie gibt Elisabeth den Brief.

Geben wir dem Boten ein Trinkgeld?

Elisabeth nimmt aus dem Beutel, der an ihrem rechten Handgelenk hängt, ein Geldstück und gibt es Vera. Vera lacht und geht eilig ab.

NELLY Blas ihr doch einmal kräftig durchs Gehör. Ihr sitzt doch so nah beieinander.

Vladimir ist darüber erschrocken, daß Elisabeth auf Veras Frage nach dem Trinkgeld reagiert hat. Er will verhindern, daß Elisabeth Nellys Bemerkung hört und ruft, bevor Nelly ausgeredet hat, Vera nach.

VLADIMIR Vera. Haben Sie gestern die Kakteen mit der Luftpumpe aufgeblasen?

VERA *aus der Galerie, lacht laut.* Ja doch, Herr Vladimir. Und die Iris habe ich mit braunem Lack betupft. Ich kenne doch Ihren verwöhnten Geschmack wider die Natur.

Nelly lacht. Elisabeth dreht sich plötzlich zu Nelly um.

ELISABETH Jakob hat mir geschrieben.

Nelly läßt sofort, wenn Elisabeth sie anblickt, die Blätter fallen. Elisabeth liest den Brief. Vladimir sieht ihr über die Schultern und liest mit.

ELISABETH Er kommt morgen zur Mittagszeit hier an. Das wird ein glücklicher Tag. Er hat dies nette Riechfläschchen beigelegt. *Sie reicht es Nelly hin.*

Nelly *nimmt das silberne Fläschchen in die Hand.* Ja, das ist ein nettes Parfümfläschchen.

Elisabeth Nein, Nelly. Kein Parfüm. Es ist Gift darin. Für den Fall – so schreibt uns Vater hier – ›daß du von jenem tödlichen, nur noch die Selbstvernichtung zulassenden Zweifel gequält wirst, der selbst den unerschrockenen Täter oft plötzlich befällt.

Nelly erstarrt und läßt das Fläschchen fallen. Sie hebt es auf und reicht es Elisabeth zurück. Vladimir nimmt statt Elisabeth das Fläschchen. Er schraubt es auf und riecht daran. Er wird heiter.

Vladimir Ich erinnere mich an einen russischen Offizier, der an Riechwahnsinn litt. Und zwar war seine kleine Nase von einer rätselhaften Erinnerungswut befallen. Was er auch roch, es waren stets die Gerüche aus seiner glücklichen Jugendzeit. Alle gegenwärtigen, ihn umgebenden Gerüche aber nahm er überhaupt nicht wahr. So benutzte er über Jahre hin ein vornehmes Eau de Cologne, das sich indes – aufgrund irgendwelcher Schädigungen – seit langem zu einer stinkenden Brühe zersetzt hatte. Der Offizier nahm nach jeder Morgentoilette das nette Fläschchen zur Hand und sog den kostbaren, erinnerten Duft ein. Während er in Wirklichkeit eine verdorbene luftverpestende Essenz auf Stirn und Nacken tupfte. Eines Tages fiel er um und war tot. Und zwar war er der Einbildung erlegen, er sei am Gas erstickt. Unmittelbar vor dem letzten Entschwinden aller Sinne begriff er, wie ihm geschah. Plötzlich sprang ich auf *Vladimir springt auf, Elisabeth fällt von seinen Knien herab.* und wußte, jetzt ist es aus. Es reißt etwas zusammen in mir, ein Zittern, ein Nervenkrampf und eben noch ereilt mich der Gedanke: es strömt Gas aus der defekten Leitung; doch ich, im Schmecken und Riechen voll betäubt vom Whiskyrausch des vorangegangenen Abends, ich nehme den Gasgeruch nicht wahr, ich rieche ja nichts. Aber da ist es auch schon zu spät.

Vladimir fällt auf den Stuhl zurück, bäumt sich auf in einem Krampf und sackt zusammen. Er hängt bewegungslos im Stuhl. Nelly läuft zu Elisabeth, die auf dem Boden sitzt, packt sie mit beiden Armen und schüttelt sie in unaussprechlicher Wut. Elisabeth läßt den Angriff über sich ergehen.

ELISABETH *schüchtern.* Die Gefahr ist nie so groß wie er sie einschätzt. Deshalb stellt er sich immer zu früh tot.

Es wird dunkel.

II, 3

Gegen sechs Uhr in der Frühe. Vladimir sitzt an seinem Schreibtisch. Vor ihm an der Aquariumswand hängt eine Karte von Indonesien. Vladimir liest in einem Buch und schaut ab und zu auf die Karte und sucht mit dem Finger einen bestimmten Ort auf. Plötzlich hört man, daß jemand durch die Galerie herbeikommt. Vladimir hängt die Karte ab, klappt sie zusammen, löscht das Licht und flüchtet in das Bett, das mit weißen Gardinen ringsum verhängt ist. Nelly tritt auf.

NELLY *bleibt neben dem Sofa stehen; vorsichtig.* Vladimir?

VLADIMIR *ebenso vorsichtig.* Nelly?

NELLY *steigt zu Vladimir ins Bett. Sie sind beide nicht zu sehen. Nach einer Weile.* Du hast eben noch über deiner Arbeit gesessen.

VLADIMIR Wie willst du das wissen?

NELLY Dein Rücken ist kalt und dein Hintern ist warm vom Sitzen. Deine Augen sind heiß vom Lesen und Entziffern.

VLADIMIR Wie, wenn wir einander zu beobachten und zu verfolgen hätten? Ich der Mörder und du der Detektiv.

NELLY Aber so ist es gar nicht.

VLADIMIR Nein. Es ist umgekehrt. Du bist der Mörder und ich der Detektiv.

NELLY Ich meine doch: es gibt diesen Unterschied nicht, wenn man sich liebt. Ich jedenfalls kenne mich nicht mehr aus: beobachtest du mich oder beobachte ich mich selbst. Und wie geht es dir?

VLADIMIR Ich habe tatsächlich gearbeitet bis in den frühen Morgen. Und weißt du was? Ich habe jeden Satz, jede Redewendung und jeden Lidschlag festgelegt, ich habe alles genau einstudiert, was ich am kommenden Tag von mir geben werde. Ich muß mich schützen vor den Überraschungen, die mir meine Mutter bereiten wird.

NELLY Untage sind das. Darauf muß man sich vorbereiten. Nicht wahr?

VLADIMIR Ja. *Er fragt nach.* Wie?

NELLY Was ist los mit Jakob?

VLADIMIR Jakob? So heißt mein Vater. Dort auf dem Bild kannst du ihn sehen.

Er streckt den Arm zwischen der Gardine hervor und zeigt auf ein Porträt, das an der Wand neben seinem Schreibtisch hängt.

Er hat einen Kropf seit seinem sechsundzwanzigsten Lebensjahr. Daher atmet er schwer. Ein harmloses Scheusal.

NELLY Du sagst immer dasselbe. Warum bin ich ihm nie begegnet? Gibt es Jakob nicht in Wirklichkeit?

VLADIMIR Du meinst: den Absender des Giftfläschchens? Oh ich habe seinen Brief genau gelesen. Meine Mutter hat vorgelesen, was dort wörtlich stand: ›Ein nettes Giftfläschchen lege ich diesen Zeilen bei für den Fall, daß du von jenem tödlichen, nur noch die Selbstvernichtung zulassenden Zweifel gequält wirst, der selbst den unerschrockenen Täter oft plötzlich befällt.‹ Du, das bist nicht du; das ist sie, die Mutter, Elisabeth. Sie hat den Satz falsch vorgelesen.

NELLY *freudig.* Dann war es richtig, daß ich ihr das Fläschchen zurückgereicht habe.

VLADIMIR Wie gut, daß ich dazwischen griff und das Fläschchen an meine Nase hielt.

NELLY Ja. Es hat alles seinen Sinn gehabt.

VLADIMIR Mein Gott, es ist eine brennende Zeit, das. Eine frische Eisenbahnfahrt täte uns beiden jetzt gut.

NELLY Zur Mittagszeit holt sie Jakob vom Bahnhof ab. Wir werden ja sehen.

VLADIMIR *lacht und spricht laut.* Eine wilde endlose Reise. Augen auf. Alles sehen und nichts behalten. Die Augen, wie ein Faß ohne Boden.

NELLY Sei still. Kommt da nicht deine Mutter?

Es ist in diesem Augenblick draußen vor der Verandatür eine Gestalt aufgetaucht. Die Gestalt erinnert sofort an Vladimir, dem sie in allem sehr ähnlich ist. Freilich erkennt man das Gesicht des Mannes nicht. Er trägt Mantel, Schal und Mütze wie Vladimir bei seinem allerersten Auftritt. Der Mann hat die Verandatür ein wenig geöffnet und hört dem Gespräch zwischen Nelly und Vladimir zu. Man merkt eines: er atmet schwer wie ein Asthmatiker.

VLADIMIR Die Ohren kann man nicht schließen. Hören muß man immerzu oder schlafen. Das Hören ist schlimm. Das Hören ist das Allerschlimmste.

NELLY Vladimir, hilf mir. Fast hätte ich dich belogen. Soeben wollte ich sagen: ›Deine Mutter hat dich täuschen wollen mit ihrer Hörohnmacht. Sie hat dich nur nachgeahmt, um dir zu gefallen.‹ Obwohl ich doch weiß, daß das nicht wahr ist. Solange wir uns kennen, habe ich dich nur belogen, wenn du selbst mich kurz zuvor belogen hattest. Nein, man muß es anders ausdrücken. Jedesmal wenn ich einen Zwang verspürte, dich zu belügen, so erkannte ich daran, daß du mich kurz zuvor belogen hattest. Aber worin hast du diesmal gelogen?

VLADIMIR Oja, es kommt vor, daß man gezwungen wird, willenlos zu reagieren und nur noch zu reagieren, um zum Bewußtsein seiner selbst zu gelangen. Noch vor kurzem habe ich es erlebt. Bevor ich dich vom Gefängnis abholen wollte, saß ich in einem Straßencafé. Ich merkte erst, daß ich selbstvergessen meinen Finger in der Nase hielt, als ein alter Mann am Nebentisch sein Taschentuch hervorholte und sich trocken die Nase schneuzte. Aha, dachte ich mir, er will dir eine Lehre erteilen, und behielt ihn unauffällig im Auge. Und tatsächlich machte er mir in der folgenden Viertelstunde mit zahllosen Gebärden und Mienen vor, wie er mich lieber anders, vollkommener, sich ähnlicher sähe. Er veränderte mein Aussehen, von dem ich, offengestanden, zur Tatzeit keinen festen und sicheren Begriff hatte, er veränderte den Eindruck, den ich auf ihn machte, in einer stummen unerbittlichen Schulung. Er strich mit seiner Hand über die Stirn, und sofort legten sich die Falten auf meiner Stirn. Stell dir vor, ein alter Mann hatte es nur darauf abgesehen, daß ich ihm vollkommen gleiche. Plötzlich steht er auf und macht mir ein gefährliches Handzeichen. Ich greife in meine Manteltasche und spanne den Revolver –

Nelly springt aus dem Bett. Sie erlebt eine schreckliche Szene und stößt einen Schrei aus. Vladimir klettert aus dem Bett. Nelly hat den Schrei in dem Augenblick ausgestoßen, als die Gestalt, die in der Verandatür lehnte, von einer zweiten Gestalt, die Spaak 1 sehr ähnlich sieht, bedroht wird. Die zweite Gestalt hat sich mit einem langen Messer in der erhobenen rechten Hand an die erste Gestalt herangeschlichen und hätte sie niedergestochen, wenn Nelly nicht im entscheidenden Augenblick mit ihrem Schrei gewarnt hätte. Die erste Gestalt dreht sich blitzschnell um und entwindet der angreifenden Gestalt das Messer, zwingt sie nieder und stößt ihr das Messer mehrmals tief in den Körper. Dann nimmt die erste Gestalt ihr Opfer auf beide Arme und läuft sehr schnell davon.

VLADIMIR Ein Traum zu zweit.

NELLY *läuft zum Verandafenster.* Nichts mehr zu sehen. Wir haben nicht geträumt. Jemand, der uns beobachtet hat, sollte umgebracht werden. Aber es ist anders gekommen. Das gehört in meine Affäre. Sie hat Hintergründe, die ich selbst nicht kenne. Ich habe Angst, Vladimir.

Nelly läuft schnell durch die Galerie nach hinten. Vladimir wird sehr unruhig. Er läuft zu einem Schrank, der neben dem Bett in die Wand verkleidet ist. Er nimmt einen Mantel heraus und zieht ihn, über das Nachthemd, an. Er setzt seine Mütze auf, er legt seinen Schal um. Dann stellt er sich seitlich vor das Bett, so daß ihn Nelly nicht sehen kann. Nelly kommt zurück. Sie trägt ein Tablett mit einer Karaffe Milch und zwei Gläsern. Sie setzt es auf dem Tisch vor dem Sofa ab. Sie geht zum Bett, weil sie annimmt, Vladimir habe sich wieder hingelegt.

Vladimir, laß uns Halma spielen und Milch trinken.

Vladimir tritt aus seinem Versteck hervor, packt Nelly von hinten und zerrt sie an sich. Er preßt seine Hand auf ihren Mund. Nelly versucht sich zu befreien und bewegt sich wild. Dabei zerreißt ihr Nachtgewand. Vladimir bemerkt, daß sie darunter vollständig bekleidet ist. Er läßt Nelly los. Sie bleibt fassungslos und erstarrt vor ihm stehen und hält beide Hände vor ihr Gesicht. Vladimir streift und reißt mit Verwunderung, nicht mit Gewalt das Nachtgewand herunter. Nelly steht da in einem enganliegenden Kostüm. Ohne Schuhe.

VLADIMIR Wo warst du? Gehst du nachts aus dem Haus?

Nelly schüttelt erschöpft den Kopf. Sie geht zum Sofa und läßt sich in die Polster fallen. Sie gießt sich Milch in ein Glas und trinkt.

NELLY Ich habe wohl vergessen, mich nackt zu machen, bevor ich das Nachtzeug überzog.

VLADIMIR *nickt mit dem Kopf und lächelt.* Ja. Ich kenne diesen selbstvergessenen Zustand. Wenn man nach einem Tag voller Lebensgefahr von einer schweren Übermüdung in Schutz genommen wird. Und doch gilt ein letzter hellwacher Gedanke noch einmal der Lebensgefahr: hoffentlich wache ich nicht inmitten einer Blutlache auf. Dann aber, wenn die Vernunft schon entschwunden ist, die Sinne aber noch nicht, spürt man die feste Kleidung ganz am Leib und ist froh und sicher, daß das Blut gewiß nicht bis an die Körperhaut vordringen wird. Denn so selbstvergessen bist du schon, daß du glaubst, das Blut aus den eigenen Wunden fließe dir von außen zu.

Er bricht ab, schüchtern.

Allerdings hattest du gestern abend ein ganz anderes Kostüm an.

NELLY *müde.* Wir dürfen einander nicht unheimlich werden. Weißt du, es ist ein dichtes Netz von Mord, Betrug und Täuschung über uns ausgespannt. Wir dürfen nicht hineinschwimmen wie zwei dumme Zierfische. Ich muß kämpfen. Ich muß mir einen Überblick verschaffen. Ich will, daß die gemeinen Machenschaften sich selbst verschlingen. Hinter unserem Rücken, ohne bis zu uns vorzudringen.

VLADIMIR Alles ist säuberlich eingefädelt und einer hält alle Fäden in der Hand. Bin ich es oder du, ist es Vera oder meine Mutter?

NELLY *unwillkürlich.* Solange Elisabeth in diesem Haus ist, darf ich nicht nackt sein.

VLADIMIR *setzt sich zu Nelly und streichelt ihr Haar.* Siehst du, Nelly. Jetzt ist alles in Ordnung. Jetzt hat alles seinen Sinn. Du bist zu mir gekommen in deiner selbstvergessenen Angezogenheit, damit wir über all das sprechen mußten, worüber wir soeben gesprochen haben. Damit wir uns so und genauso verhalten, wie wir uns bis zu diesem Augenblick verhalten haben, wo wir erkennen, welch vernünftige Bedeutung deine selbstvergessene Angezogenheit für uns gehabt hat. Nun wissen wir Bescheid.

NELLY *müde und zufrieden.* Ja, Vladimir. Wir haben uns gut verstanden. Das Sprechen ist das Allerleichteste.

Vladimir holt aus der Tischschublade ein Halma-Spiel hervor. Sie bauen die Figuren auf und beginnen zu spielen. Ab und zu trinken sie Milch. Es ist draußen fast taghell geworden. In der Küche, die hinter der Galerie liegt, hört man, sehr leise Vera singen und mit dem Geschirr klappern. Nelly wird vom Schlaf überwältigt und sinkt zurück in den Sofarücken. Vladimir nimmt einen Schluck Milch und rückt die Figuren allein weiter. Dann beginnt er wieder zu sprechen. Er erzählt der schlafenden Nelly sehr leise eine Geschichte.

VLADIMIR Es war einmal ein Kindermädchen, das quälte die Langeweile genauso wie seine Kinder. Es hatte keine Lust, die üblichen Spiele zu spielen, zu denen die Kinder schon längst keine Lust mehr hatten. Im trägsten Moment seiner Langeweile sagte das Kindermädchen auf einmal: Los, Kinder, wir spielen das Nachahmespiel. Die Kinder wollten wissen, worum es beim Nachahmespiel ging. Das Kindermädchen sagte: Es kommt darauf an, daß eines von euch mich nachahmt, wie ich gehe, wie ich nichts tue und wie und was ich gerade spreche. Dann ahmt das zweite Kind dem ersten Kind nach, wie es mich nachgeahmt hat und so fort. Wir wollen sehen, was am Schluß, beim letzten Kind, dabei herauskommt.

Nelly lächelt im Schlaf.

Und das Kindermädchen begann etwas zu sagen und was es sagte und wie es sprach wurde von allen Kindern nachgeahmt bis zum letzten Kind. Und das Kindermädchen tat nichts und es wurde von allen Kindern bis zum letzten Kind nachgeahmt, wie es dasaß und nichts tat. Den Kindern machte das Spiel einen großen Spaß. Aber das Kindermädchen wurde bald müde, denn nun konnte es nichts, nicht das Geringste mehr tun, was nicht die Kinder bis auf das letzte Kind ihm nachahmten. Schluß, sagte das Kindermädchen, das Nachahmespiel ist zuende, Kinder. Schluß, sagte ein Kind im Tonfall des Kindermädchens, das Nachahmespiel ist zuende, Kinder. Und alle Kinder bis auf das letzte Kind ahmten den Befehl des Kindermädchens nach. Das Kindermädchen begriff, daß es kein Ende des Nachahmespiels geben konnte. Es wurde ja nicht mehr befolgt, sondern nur noch nachgeahmt. Der Alptraum einer grenzenlosen, unendlichen Nachäfferei hielt das Kindermädchen gefangen. Wie konnte es ihm entkommen? Es wußte sich nicht anders zu helfen, als daß es auf der Stelle fest einschlief. Alle Kinder bis auf das letzte Kind begannen sofort wie das Kindermädchen, jedes auf seine nachahmende Weise, fest einzuschlafen. Am Nachmittag kamen die Eltern der Kinder von einer Hochzeitstafel nach Hause. Wie erstaunt waren sie, als sie alle ihre Kinder fest schlafen sahen, obwohl diese entgegen dem heftigen Drängen der Eltern noch niemals zur Mittagszeit geschlafen hatten. Sie weckten das Kindermädchen auf, das sich sofort in höchster Bestürzung nach den Kindern umschaute. Doch die Kinder schliefen alle in Ruhe weiter. Die Eltern streichelten das Kindermädchen und lobten es und schenkten ihm die Flasche Champagner, die sie auf der Hochzeit gestohlen hatten.

Nelly lacht laut im Schlaf.

Vera kommt hereingelaufen. Sie sieht Nelly nicht. Vladimir weist sie an, vorsichtig und leise zu sein. Er geht ihr entgegen. Sie spricht im Flüsterton.

VERA Der Wagen der Gebrüder Spaak wartet draußen. Sie möchten sich beeilen.

VLADIMIR Es ist gut. Ich komme gleich. Vera, daß Sie mich ja von allem unterrichten, was hier im Hause geschieht.

VERA *weint ein bißchen, nickt mit dem Kopf.* Gott beschütze Sie, lieber Herr Vladimir. Ich fürchte mich so. Wegen der Alligatoren.

VLADIMIR Ach die Alligatoren. Die Zebras sind viel gefährlicher.

VERA *geht leise schluchzend ab.* Die Zebras und die Alligatoren. Die Geier und die Schlangen. Die Wüste und der Urwald. Der Wahnsinn und der Durst.

Vladimir nimmt zwei große Reisekörbe aus dem Wandschrank. Nur läuft er im Raum umher und nimmt alles

Mögliche, was er gerade greifen kann, und wirft es in die Körbe: Papiere von seinem Schreibtisch, einen Aschenbecher usw., er rupft Pflanzen aus dem Aquarium, er reißt einen Teil des Verandavorhangs ab und stopft alles in die Körbe. Er nimmt Kleidungsstücke von Nelly, die in dem Wandschrank hängen, und wirft sie dazu. Es sieht so aus, daß später jemand sagen könnte, ›er hat das halbe Zimmer mitgenommen‹. Dann steht er einen Augenblick lang zwischen den beiden Körben. Sein Blick fällt auf die schlafende Nelly. Er geht zu ihr und nimmt sie behutsam auf beide Arme. Er legt sie ins Bett. Dann zieht er Nelly nackt aus. Nellys nackter rechter Arm ragt über den Bettrand hervor. Vladimir schließt die Bettgardine. Er nimmt Nellys Kleider und verteilt sie auf beide Körbe. Er holt einen Hut aus dem Schrank und knöpft seinen Mantel über dem Nachthemd fest zu. Er verschließt die Körbe und hebt sie an. Er geht los. Für eine Sekunde bleibt er noch einmal in der Mitte des Raums stehen. Dann geht er langsam, sich mühsam schleppend, durch die Galerie ab. Eine Weile bleibt es völlig still. Dann kommt Vera mit einem Frühstückstablett und setzt es auf dem Tisch vor dem Sofa ab. Sie bemerkt die Unordnung im Raum und wird unruhig. Dann erblickt sie Nellys nackten Arm und stößt einen kurzen Schrei aus. Sie läuft zum Bett und reißt den Vorhang auf. Nelly liegt vollkommen nackt auf dem Bett. Vera kniet vor dem Bettrand nieder. Sie weiß sich nicht zu fassen. Aus der Galerie hört man jemanden mit kleinen energischen Schritten sich nähern. Man sieht, daß Elisabeth auftritt.

Es wird dunkel.

Vorhang.

Um die Mittagszeit. Die Standuhr schlägt einen kurzen Schlag. Der Raum sieht noch viel verwüsteter aus als Vladimir ihn zurückgelassen hat. Die Frauen haben offenbar überall herumgewühlt, um nach Spuren und Zeichen von Vladimir zu suchen. Jetzt befinden sich alle drei Frauen im Zustand einer starken Erschöpfung und einer gewissen Verwahrlosung. Nelly liegt, den Kopf auf die Hand gestützt, quer über den Stufen, die zu Vladimirs Arbeitsplatz führen. Elisabeth sitzt, an den Bettrand gelehnt, auf dem Fußboden. Nur Vera sitzt auf dem Sessel neben dem Sofa und trinkt den Tee vom Frühstückstisch.

NELLY Er ist ein bißchen verrückt geworden, der Vladimir.

VERA *setzt die Tasse ab und dreht sich verwundert zu Nelly um.* Wie traurig, wenn einer vergißt, wo oben ist und unten in unserer Welt. Denn verdreht sich in seinem Kopf auch alles übrige schnell.

ELISABETH Gebt mir endlich einen Fahrplan. *Zu Nelly.* Da sitzt dein Dienstbote und räsonniert und verschlingt unser Frühstück.

NELLY Bist du still. Am Ende hältst du ihn versteckt in deinem Kuckucksnest.

VERA *weinerlich.* Warum hört denn niemand auf mich? Der Herr Vladimir ist verreist. Wo er mir doch ausdrücklich befohlen hat, nicht zu verraten, daß er auf eine ›sehr lange Reise‹ gegangen ist.

ELISABETH Verbiete ihr sofort den Mund.

NELLY Liebe Vera, wie soll er denn verreisen. Ganz allein und ohne Hilfe.

ELISABETH Mit einem Kopf wie seinem.

NELLY Mit Füßen wie seinen. Er geht doch freihändig so schlecht.

VERA Es ist zum Kinderkriegen.

Elisabeth Durfte man eine gemeingefährliche Person wie dich überhaupt auf freien Fuß setzen?

Nelly Wie gut, daß inzwischen jede Morddrohung, die ich ausspreche, ernst genommen wird. Mir traut man jetzt alles zu. Elisabeth.

Elisabeth Du hast ihn entführt. Menschenraub. Und wirst von uns armen Eltern auch noch Lösegeld erpressen. Wohin man tritt, überall verfängt man sich in deinen Machenschaften. Aber laß Jakob erst hier sein. Wie spät ist es? Ich muß zum Bahnhof.

Sie versucht aufzustehn, fällt auf den Boden zurück.

Was schuldest du den Gebrüdern Spaak? Hunderttausend? Oder Fünfhunderttausend. Warte nur.

Vera *leise, über der Teetasse.* Wenn ihr nicht still seid, rufe ich die Polizei.

Nelly Laß sie reden. Ich erlebe gerade einen glücklichen Augenblick. Ich höre alles, was sie in meiner Gegenwart sagt, so undeutlich, als erinnerte ich mich nach vielen, vielen Jahren daran. Es ist, als seien meine Empfindungen mir um ein halbes Menschenleben vorausgealtert. Was du auch redest, es ist schon lange vergangen und halb vergessen.

Elisabeth Das möchte dir passen. Ich dagegen male mir deine nähere Zukunft aus: finster, finster in der feuchten Zelle.

Nelly Jede Frau möchte wissen, wie sie sich im Alter fühlt. Ich spüre es jetzt. Ich spüre genau, wie man sich fühlt, wenn man keine Geschlechtslust mehr hat. Ich werfe einen Blick auf meine Gebeine und sehe, daß sie noch aus Vladimirs Zeiten stammen.

Elisabeth Geschlechtslust?

Nelly *lacht anzüglich, ahmt Vladimir nach.* ›Ein gleichschenkliges Dreieck. Was ist das?‹

Vera *unwillkürlich.* Geschlechtslust.

Nelly richtet sich erstaunt auf. Vladimir hat es mir beigebracht.

NELLY *fragt verwundert weiter.* Eine plattgewölbte Nase. Was ist das?

VERA Ein Fisch. Der Schleierschwanz.

NELLY Wie ein innerer Aussatz. Was ist das?

VERA Die Migräne.

NELLY *enttäuscht.* Oh er hat dir alle unsere Decknamen verraten.

VERA Vorgespielt hat er mir alles.

NELLY Fang nicht wieder damit an. Wie schlimm, daß du soviel weißt.

VERA *wendet sich etwas überheblich an Elisabeth.* Und Jakob? Sie meinen, er tritt hier persönlich auf?

ELISABETH Was weißt du, wer Jakob ist.

NELLY Vladimirs leiblicher Vater. Stell ihn dir vor. Wir werden ihn anfassen, nicht wahr?

VERA *kurz.* Ich kann ihn mir nicht vorstellen. *Sie steht auf und nimmt das Frühstückstablett. Sie geht damit ab.*

NELLY *starrt vor sich hin.* Ich auch nicht.

ELISABETH Ich stehe jetzt auf. Ich fahre zum Bahnhof. Ich muß ihn doch abholen. Wie spät ist es?

NELLY *ruft Vera nach.* Wie spät ist es denn?

Vera kommt zurück und sieht übertrieben deutlich auf die Standuhr. Sie sieht die beiden anderen Frauen empört an und geht wieder ab. Elisabeth erhebt sich mit großer Mühe, sieht auf die Standuhr und geht dann sehr nah an Nelly heran.

ELISABETH Du weißt nicht, wie sehr ich dich hasse. Ich wünsche mir, daß sie dich köpfen. Wenn du am Leben bleibst, muß ich ersticken an meinem Haß.

NELLY *lächelt.* Warum siehst du mich so sehnsüchtig an? Ich bin doch ganz in deiner Nähe.

ELISABETH *stampft wütend mit dem Fuß auf.* Den Fahrplan, Vera, los.

Elisabeth geht mit kleinen energischen Schritten nach hinten ab.

Vera *ruft aus der Küche.* Wir haben keinen. Fahrpläne werden nicht mehr an Privatpersonen ausgegeben.
Nelly lacht laut und schadenfroh.

Es wird dunkel.

III, 2

Nelly steht auf und sieht sich im Raum um. Dann geht sie zu Vladimirs Wandschrank und öffnet ihn. Die Innenfläche der aufgeklappten Schranktür ist ein Spiegel. Sie nimmt einen weißen Seidenschal von Vladimir hervor und legt ihn sich um. Dann nimmt sie einen Hut und einen Mantel aus dem Schrank und probiert die Kleidungsstücke vor dem Spiegel an. Sie versucht alle möglichen Haltungen und Bewegungen von Vladimir nachzumachen. In der Galerie taucht Spaak 2 auf. Er taumelt stark und macht den Eindruck, als sei er angeschossen. Er preßt seine rechte Hand an die linke Schulter wie auf eine Wunde. Gleichzeitig sieht es so aus, als wolle er sich an seinem eigenen Körper festhalten. Er lehnt sich an eine Säule. Er bringt sich in eine korrekte Haltung. Er nähert sich Nelly und grüßt schüchtern. Nelly erblickt ihn im Spiegel und zieht vornehm den Hut. Dann dreht sie sich zu ihm um, und Spaak 2 erschrickt und taumelt etwas zurück. Er ist stark betrunken und zugleich vollkommen angsterfüllt. Nelly bleibt in ihrer Verkleidung und erinnert an einen weiblichen Clown, der in zu großer Männerkleidung auftritt.

Nelly *legt die Hände in die Hüften.* Nun? Habt ihr eine neue Gemeinheit vorbereitet?
Spaak 2 *verärgert.* Was heißt ›ihr‹? Sie sehen doch nur einen. Oder?
Spaak 2 dreht sich um und geht zum Sofa. Setzt sich.

NELLY *sieht verwundert in die Galerie, wo der zweite Spaak bleibt.* Tatsächlich. *Besonders streng.* Was hat das zu bedeuten?

SPAAK 2 *wehrt sich mit seinem Körper gegen Nellys Sprechweise.* Nicht. Reden Sie nicht in diesem Ton mit mir. Ich überstehe es nicht. Mein Körper hängt nur noch lose in seinem Gerippe. Ich kann jeden Augenblick vom Fleisch fallen. Sie wissen, wovon ich rede: ›vom Fleische fallen‹.

NELLY Ja, aber das ist nicht das treffende Wort. Es paßt nicht zu Ihnen und Ihrem Zustand.

Sie setzt sich zu Spaak 2 aufs Sofa, legt den Hut zwischen sich und ihn.

Du meinst, du fühlst dich innerlich so schwach und zerrissen wie ein Selbstmörder.

SPAAK 2 Ja, ja. Genau richtig. Das ist es: schwach und zerrissen. Und dazu noch diese warme schwere Masse im Hinterkopf. Als flösse warmer Schlamm die Hirnrinde herunter.

NELLY *faßt Spaak 2 an den Hinterkopf.* Vielleicht hat sich in deinem Hinterkopf ein Blutbad gebildet.

SPAAK 2 Nein. Seien Sie ruhig. Das ganze Leiden ist natürlich ein Nervenschwindel und also Einbildung. Aber was hilft es mir, daß ich weiß, es ist eine Einbildung, wenn ich trotzdem so heftig an den Körperschmerzen und nicht an den Einbildungsschmerzen leide.

NELLY Wenn Sie hier nicht als ein alleinstehender Bruder auftreten müßten, wäre Ihnen natürlich wohler zumute.

SPAAK 2 Natürlich. *Er starrt vor sich hin.*

NELLY Dann hättet ihr mich längst schon wieder zur Weißglut gebracht.

SPAAK 2 *windet sich unter dem Wort ›Weißglut‹.* Werfen Sie nicht so ein brennendes Wort in mich hinein. Da zischt das Blut auf in meinen Adern.

NELLY *klopft Spaak 2 auf die Oberschenkel.* Mann, Mann; Mann. Sie sind ja gräßlich aufgerissen. Eine dicke offene

Wunde liegt da auf meinem Sofa und zuckt an allen Rändern. Und obendrein sind Sie schwer betrunken. Was hat das zu bedeuten? Habt ihr die Firma ruiniert?

Spaak 2 ›Ihr, ihr, ihr‹. Es gibt keine ›ihrs‹ mehr.
Er holt tief Luft, wirft den Kopf zurück und stößt einen hohen Heul- und Klagelaut aus. Wie Charlie Rivel. Als könne er sich damit von seinen inneren Spannungen entlasten. Der Bruder ist seit den frühen Morgenstunden verschwunden. Ich stehe völlig vereinsamt einem sinnlos hetzenden und unüberblickbaren Geschäftsbetrieb gegenüber. Den ich beherrschen und leiten soll. Das heißt: jetzt erst, wo ich ihn allein beherrschen und leiten soll, kommt er mir aufeinmal so sinnlos hetzend und unüberblickbar vor. Es ist, als verlange man von mir – der ich doch von Natur aus auf Ergänzung eingestellt bin –, als verlange man, daß ich den gesamten europäischen Devisenmarkt im Kopf habe und noch dazu zu unseren Gunsten beeinflusse. Wie Sie sich denken können, verursacht meine bebende Unsicherheit ineinemfort Fehler und kleinere sowie größere Katastrophen. Ich gebe Anweisungen, die einander widersprechen. Ich rechne Posten zusammen, die nicht zusammen gehören. Ich leiste mir Unterschriften, die ich mir auf keinen Fall leisten dürfte. Ich verweigere andere, die ich nicht verweigern dürfte. Ich gebe sinnlose Bestellungen auf und kündige andere, sinnvolle. Was ich auch anfange, es fällt stets zum Nachteil des Unternehmens aus. Aber was das Schlimmste ist, ich entlasse jene erfahrenen Mitarbeiter fristlos, die mich zur Vernunft mahnen und mir besonnene Ratschläge erteilen. Denn ich muß doch meine herrschende Stellung in der Firma bis zu allerletzt behaupten, und jede Entlassung gewährt mir das traumhafte Gefühl, ich sei immer noch Herr der Lage. So weit so schlimm. Immerhin könnte das Unheil, das ich bis jetzt angerichtet habe, spätestens in den folgenden acht Tagen getilgt und wiedergutgemacht werden. Wenn zum Beispiel Sie, verehrte gnädige Frau, an meiner

Seite mit einer gelassenen Vernunft sich der verstörten Verhältnisse in der Firma annähmen. Aber eben das ist nun unmöglich.

Er holt wieder Luft und heult auf.

Sie und Ihr gräßliches Verbrechen sind ja schuld daran, daß sich mein Verstand nun zum Zerspringen überspannt. Stellen Sie sich vor, das Verschwinden des Bruders wird bekannt und läßt sich auf harmlose bürgerliche Weise nicht erklären. Sofort wird der Staatsanwalt nach mir und früher noch nach Ihnen verlangen.

NELLY Seit wann ist der Bruder spurlos verschwunden?

SPAAK 2 Seit heute früh.

NELLY Vladimir ist auch seit heute früh spurlos verschwunden.

SPAAK 2 Ich weiß. Das ist ja auch ganz in Ordnung.

Nelly springt auf das Sofa, kniet sich neben Spaak 2.

NELLY Was?

SPAAK 2 Der Bruder wollte in aller Frühe den Herrn Vladimir abholen und zum Hafen fahren.

NELLY Wie?

SPAAK 2 Erinnern Sie sich: die Forschungsreise nach Niederländisch-Indien.

NELLY Was?

SPAAK 2 Der Herr Vladimir als Fischexperte.

NELLY Wo ist er?

SPAAK 2 Auf hoher See, so hoffe ich.

NELLY Was? Wie?

SPAAK 2 Ja, ja.

NELLY Ihr habt ihn entführt.

SPAAK 2 Ach was. Seine Mutter hat ihn entführt.

NELLY Wie?

SPAAK 2 Sie hat ihn zu der Reise überredet. Und das war gut so.

Nelly greift mit der rechten Hand in die Luft und schlägt die geballte Hand vor die Stirn.

Nelly Ich bekomme es einfach nicht in meinen Kopf.

Spaak 2 Aber diese Mutter ist ein heißes Kapitel. Sie spioniert. Überall Anzeichen, daß sie uns überwacht. Vorboten in meinem Büro. Hintermänner am Telefon. Auf Schritt und Tritt Schnüffler und Eckensteher, Mitwisser und Nachsteller. Beschattung überall. Ihre Familie, das ist eine Familie. Diese Mutter muß jetzt weg.

Nelly Vladimir fährt über den Ozean.

Spaak 2 Dann wieder fesselt mich der Gedanke, daß der Bruder sich irgendwann entschlossen hat, seine eigenen, unbekannten Wege zu gehen. Vielleicht führt er seit langem ein zweites verdecktes Leben, von dem ich nichts ahnte. Oder aber, es ist alles noch viel heimtückischer als es sich denken läßt: nämlich so, als hätte er selbst, der Bruder, diese gräßliche Unordnung mit List und Absicht angestiftet, um mich auf die Probe zu stellen.
Er heult auf.

Nelly Von Elisabeth werden wir erfahren, wo der Bruder steckt. Sie wird uns ihre Geheimnisse verraten. Darauf kannst du dich verlassen.

Spaak 2 Ach der Bruder als Bruder ist ja nicht viel wert. Aber als einer der Gebrüder ist er so kostbar.

Nelly *legt einen Arm um Spaaks Schultern.* Es dauert nicht mehr lange. Wir werden gemeinsam die Geschäfte in Ordnung bringen. Und die verschwundenen Menschen wieder zurückrufen. Es wird eine Depesche aufgegeben nach Batavia: Vladimir, komm sofort zurück, du ahnungsloser Forscher.

Spaak 2 Verdächtigungen über Verdächtigungen. Eine hetzt die andere. Ich kann keinen klaren Verdacht mehr schöpfen. Jeder kann alle Fäden in der Hand halten. Und am Ende – bin ich selbst der Hauptdrahtzieher. Ohne es zu wissen. Weiß man denn, welche Folgen die zahllosen unbewußten Maßnahmen und Unterlassungen haben, die ich mir ineinemfort leiste? Und weiß man denn, ob sich diese unabsehbaren Folgen nicht insgeheim, ganz von selbst, zu einem geschlossenen scharfsinnigen System von Verbrechen und Zerstörungen zusammengefügt haben? Man weiß es eben nicht. Nichts weiß man mehr.

NELLY Ich weiß genug, ich weiß Bescheid.

SPAAK 2 Und doch gibt es schließlich nur eine Person, die schon einmal den festen Beweis erbracht hat, daß sie zu soviel Bosheit und Gewalt imstande ist, wie sie sich jetzt um uns verbreiten. Und, leider, diese Person sind Sie.

Spaak 2 und Nelly rücken augenblicklich und gleichzeitig auseinander.

NELLY Ich habe noch nie einen betrunkenen Wahnsinnigen gesehen.

SPAAK 2 Es ist mir unheimlich in Ihrer Nähe. Es ist besser, ich gehe jetzt. *Er greift zum Hut, der neben ihm liegt. Nelly reißt ihm den Hut aus der Hand, denn er gehört ja ihr.*

Ich weiß wirklich nichts Genaues.

Er macht eine Verbeugung, sich entschuldigend, und geht, vor Eile stolpernd, nach hinten ab. In der Galerie stößt er noch einmal einen Heullaut aus. Nelly greift in die Sofaritze und holt ihren Revolver hervor. Sie nimmt die Munition aus dem Magazin. Sie läßt die Geschosse in ihre Manteltasche fallen. Sie setzt den Hut wieder auf. Elisabeth kommt von hinten durch die Galerie. Sie sieht jemanden mit einem Männerhut auf dem Sofa sitzen.

ELISABETH Jakob. Da bist du ja. Wir haben uns verfehlt.

Nelly zieht ihren Hut und grüßt, ohne sich umzudrehen.

ELISABETH *verärgert.* Nelly. Du bist es. Was für ein Unsinn.

Nelly steht auf, legt Hut und Mantel ab, versteckt den Revolver hinter ihrem Rücken.

NELLY Na bitte. Diesen Jakob gibt es also tatsächlich. Aber was sucht er hier?

ELISABETH Sei nicht so neugierig. Jetzt ist es zu spät.

NELLY *streckt den Revolver hervor.* Du und er. Ihr wollt mich ans Messer liefern. Er ist dein Spürhund?

ELISABETH Was heißt Detektiv? Er ist sozusagen mein privater Privatdetektiv. Er kümmert sich eben um seine Familie. Er ist sehr fürsorglich.

NELLY Auf welchem Schiff hast du Vladimir nach Batavia geschickt?

ELISABETH Wie komisch du aussiehst, wenn du dich so ins Zeug legst.

NELLY Wo ist der lange Spaak?

ELISABETH Ich weiß nicht, wovon du redest.

NELLY *schwach.* Das Schiff. Wo ist Vladimir?

ELISABETH Gerade habe ich mich erkundigt. Das Schiff ist ohne –

Aus der Verandatür, dort, wo er in II, 3 gestanden hat, ist Jakob aufgetreten. Er sieht Vladimir sehr, sehr ähnlich. Es ›ist‹ Vladimir, der plötzlich um vierzig Jahre gealtert ist. Jakob ist genauso gekleidet wie Vladimir bei seinem allerersten Auftritt.

ELISABETH Jakob, Jakob. *Sie will an Nelly vorbei und auf Jakob zugehen. Da fallen drei, vier, fünf Schüsse. Elisabeth geht in die Schüsse hinein. Sie geht weiter und wird von den Schüssen zurückgeworfen.* Jakob?

Elisabeth fällt zu Boden. Nelly sieht verzweifelt auf ihren Revolver, der nicht geschossen hat. Sie dreht sich um und sieht Jakob. Sie richtet unwillkürlich den Revolver auf ihn. Sie drückt mehrmals ab, es klickt nur. Jakob steht schwer atmend wie ein Asthmatiker da. Er sieht Nelly streng an. Sein Kinn ist tief auf die Brust gesunken. Er pumpt nach Luft.

NELLY *schreit.* Vladimir. *Dann leise und entfremdet.* Jakob. Jakob.

Vera stürzt herein und überblickt die Szene. Sie nickt Jakob zu. Sie geht zu Elisabeth und schleift ihren Leichnam durch die Galerie nach hinten ab.

Es wird dunkel.

Gegen Abend. Der Raum ist wieder in Ordnung gebracht. Es wird gegessen. Jakob und Nelly sitzen einander an der Tafel gegenüber. Vera kommt herein und serviert eine Käseplatte. Sie ist besonders heiter und unbeschwert.

JAKOB *spricht leise, manchmal tonlos; er macht einen Scherz, ohne dafür in Stimmung zu sein.* Käse? Niemals. Der zerfrißt meine Luftpumpe.
Vera bekommt einen Lachanfall. Nelly muß unwillkürlich mitlachen. Sie versucht sich zu beherrschen. Sie schämt sich, daß beide Frauen über den alten Mann lachen.

NELLY Was haben Sie denn, Vera?

JAKOB *bleibt sehr ernst.* Vor Lachanfällen ist man sein Lebtag nicht sicher. Wenn mich als Kind der Lachzwang überfiel – natürlich inmitten der schlimmsten Ungelegenheit – und meine Lippen bebten und meine Augen sich verkniffen, so daß nach außenhin das unterdrückte Gelächter sogar ein Mienenspiel der ernsten, überspannten Aufmerksamkeit vortäuschen konnte, dann und nur dann sehnte ich mir zutiefst das Erwachsensein herbei. Denn ich war fest davon überzeugt, daß ich, erst einmal erwachsen, für immer vom Lachzwang verschont bliebe. Aber das stimmt nicht. Der Schluckauf und der Lachanfall können einen in jedem Lebensalter überraschen. Nur das Seitenstechen verliert sich mit der Zeit. Merkwürdigerweise.
Vera muß unterdessen immer heftiger lachen und läuft hinaus.

NELLY *beherrscht sich, nimmt ein Gespräch wieder auf.* Also ein falsches Leben von Anfang bis Ende.

JAKOB Ja, Nelly. Es ist ein tödlich falsches Leben, das unsereins verbringt. Und man weiß es auch. Aber dieses Bescheidwissen, dieses haarespaltende Besserwissen ist dem Falschleben selbst schon so zugehörig, daß es darin als sanfte, unentbehrliche Qual mitlebt. Wie wenn wir, im Schlaf gefangen, träumen, daß wir träumen.

NELLY *fragt wie eine Schülerin.* Wie lange kann man denn eine falsche, todbringende Haltung einnehmen? Wie lange kann man denn eine Haltung einnehmen, von der man genau weiß, daß sie nur der Tod beenden kann?

JAKOB *hebt die Schultern, als wüßte er nicht zu antworten.* Wie lange? Eine Sekunde vielleicht.

NELLY Und dann?

JAKOB Dann? Wiederum eine Sekunde.

NELLY Aber dazwischen, was geschieht dazwischen?

JAKOB Du kennst jene Augenblicke der Selbstvergessenheit. Wo Angst und Dummheit ein und derselbe Gesichtsausdruck sind. Wo die Sinne hellwach sind und überscharf, das Denken aber döst.

NELLY Ja. Ich kenne sie. Man starrt Löcher in die Luft. Nein, auch sonst. Manchmal ist jedes zweite Wort, jeder zweite Schritt so selbstvergessen.

JAKOB Richtig. Diese Augenblicke sind die leeren Takte im festen Pulsschlag der Vernunft. In diesen Augenblicken erholen wir uns von der Gefahr des Todes, die schon der nächste Augenblick vergrößern kann. Andere Menschen freilich, wie zum Beispiel Elisabeth –

NELLY Weniger wissen, weniger reden, weniger leiden.

JAKOB Das ist bekannt, ist aber ein Irrtum. Ein jeder von uns glaubt, er drücke sich am freiesten aus, indem er das meiste wegläßt, was er zu sagen wüßte. In Wirklichkeit aber wird er doch gewaltsam ausgedrückt. Der einfache sparsame Ausdruck, die einfache sparsame Meinung, sie werden ja beherrscht von der Übermacht der weggelassenen Wörter, des weggelassenen Wissens. Und je weniger einer sagt, umso schwerer lastet die Herrschaft des Weggelassenen auf seinen Worten. Nein, nein, es gibt ein ungeheures, ein unermeßliches Begriffsvermögen, welches über uns alle gebietet, und keiner kann ihm entkommen. Nicht der Schweigende und nicht der Schlafende, weder der Scharfsinnige noch der Schwachsinnige.

NELLY Ach wenn ich dich so schwer atmen sehe, muß ich immer an den dummen Kerl in einem englischen Märchen denken. Er sagte nie ein Wort, um seinen Sprechatem zu sparen. Stattdessen schleppte er einen dicken Sack mit sich herum und darin hielt er alle Gegenstände, alle Geräte beisammen, in denen er sich, statt mit Worten, auszudrücken pflegte.

JAKOB *ein wenig beleidigt.* Und mein Sohn? Er kam dir natürlich niemals dumm vor.

NELLY Vladimir? Du sollst ihn nicht nachahmen.

JAKOB Es kränkt mich, daß du mich, im Vergleich, einen dummen Kerl genannt hast.

NELLY Im Vergleich mit einem Märchenhans.

JAKOB Also doch. Es war kein Mißverständnis.

NELLY Doch.

JAKOB Ja?

NELLY Schon vorbei.

JAKOB Weißt du, Nelly, ich kenne nämlich die Dummen. Elisabeth zum Beispiel –

NELLY *scharrt unruhig unter dem Tisch mit den Füßen.* Entschuldige, Jakob. Ich kann dir überhaupt nicht zuhören. Es hängt mir nämlich ein Fleischfaden fest in einer Zahnlücke.
Nelly macht Grimassen wie jemand, der mit der Zunge einen Essensrest aus den Zähnen drücken will. Jakob bricht ab, läßt den Kopf auf die Brust sinken.

JAKOB Ja. *Er steht auf und geht einige Schritte nach hinten. Er sieht auf die Standuhr. Er ruft so leise, daß Vera ihn eigentlich gar nicht hören kann.* Vera, kommst du zum Abräumen?
Vera kommt herein, räumt ab und geht wieder hinaus. Nelly wühlt immer noch mit der Zunge im Mund herum.

NELLY Rede nur weiter. Es dauert doch zu lange.

JAKOB *fährt unmittelbar fort.* Sie ergab sich, gierig und besinnungslos, ihrem kleinen blinden Tatendrang. Eine gewalttätige Unbewußtheit lag, wie eine Zone von erstickenden Gasen, über ihrem Körper, ihren Redensarten, der ganzen Person. Weil es ihr nicht gelang, einen Fleischfaden aus einer Zahnlücke zu züngeln, zertrümmerte sie ihr Gebiß. Und dann das ihres Ehemannes. So war Elisabeth.

NELLY Sprich nicht mehr von ihr.

JAKOB *plötzlich kalt und scharf.* Weil ich dir zuvorgekommen bin, als ich sie niederschoß?

NELLY Nein. Der Revolver war doch leer in meiner Hand.

JAKOB Denn dein inniger Wunsch, sie zu töten, sollte sich nicht in einer unbeherrschten Sekunde erfüllen.

NELLY Hör auf. Niemals hätte ich es getan wie du, nur aus gekränktem Feingefühl. Ich sollte ja ihr Opfer sein. Sie hat mich auf den Tod gehaßt. Sie hat mich verleumdet und verfolgt. Sie hat mir Vladimir weggenommen.

JAKOB Wie du dich irren kannst, Nelly. Den Vladimir habe ich dir weggenommen.

Nelly steht auf und sieht Jakob ungläubig an.

JAKOB Elisabeth hat nur befolgt, was ich zuvor geplant und angeordnet hatte. Doch da sie wie gewöhnlich nichts wußte über sich, stieß sie auch nie auf den Verdacht, sie könnte selbst verwickelt sein in ihre Machenschaften. Sie ahnte nicht, daß die letzten Entscheidungen nur ich allein herbeiführen würde.

NELLY Du tust dich wichtig. Wie häßlich: ein alter Mann, der ein Aufschneider ist.

JAKOB Vladimir ist seit heute früh, siebenuhrdreißig, an Bord der ›Willemstad‹ nach Batavia unterwegs.

NELLY *bedauert Jakobs Irrtum.* Ojeoje, das ist ja gar nicht wahr. Vladimir kann jeden Augenblick hier vor uns stehn. Er ist ein bißchen ausgerissen. Warum nicht? Du erinnerst dich doch an Elisabeths letzte Worte. Sie sagte: ich habe mich eben erkundigt, das Schiff ist ohne – und dann hast du geschossen. Und was hat sie wohl sagen wollen? Das

Schiff ist ohne Vladimir ausgelaufen. Das wollte sie sagen, was sonst?

JAKOB Vielleicht. Auf die ›Willemstad‹ beziehen sich ihre Erkundigungen sicher nicht. Das ist ein Frachtschiff mit nur fünf Passagierplätzen. Einen davon habe ich selbst für meinen Sohn reservieren lassen.

NELLY Was für ein anmaßendes, was für ein detektivisches Gerede.

Vera kommt aus der Galerie hereingelaufen. Sie trägt einen großen Reisekorb.

VERA Gnädige Frau, gnädige Frau. Sehen Sie nur. Ein Koffer von Herrn Vladimir.

Vera setzt den Reisekorb neben den Stufen, die zu Vladimirs Arbeitsplatz führen, ab.

NELLY *begeistert.* Er kommt zurück. Vladimir ist wieder da.

VERA Nein doch. Der Droschkenkutscher, der Herrn Vladimir zum Hafen fuhr, gab den Koffer soeben ab. Der Herr Vladimir habe ihn gebeten, diesen Koffer nach Feierabend hier wieder abzuliefern. Er, der Herr Vladimir, habe auf das Gepäckstück verzichten müssen, weil er, so sagt der Kutscher, wie er, der Herr Vladimir, nun einsähe, sich mit zwei schweren Reisekörben übernommen habe.

Nelly sieht Vera fassungslos an.

Ein Trinkgeld bekam der Mann heute morgen schon im voraus.

Nelly stürzt sich auf den Koffer, öffnet ihn und packt aus.

NELLY Meine Kleider. Der Vorhang. Die Pflanzen. Lauter Andenken. *Sie wirft alles vor sich auf den Boden. Vera holt aus ihrer Schürze eine Taschenuhr und deutet, nur für Jakob sichtbar, heftig auf das Zifferblatt.*

JAKOB *macht ein Handzeichen.* Schon gut, Vera. Laß uns wieder allein.

Vera geht ab. Nelly schließt den leeren Koffer und setzt sich darauf. Sie behält eine Stola, die sie darin gefunden hat, in der Hand.

NELLY Warum, Jakob. Warum hast du das getan?

JAKOB *ruhig.* Weil ich dich liebe, Nelly. Zärtlicher noch als Vladimir liebe ich dich, sein Vater.

Nelly legt sich die Stola um und zieht sie fest über den Schultern zusammen.

NELLY Wie reden Sie zu mir? Wir sehen uns jetzt seit wenigen Stunden, aber vorher nie.

JAKOB Glaub mir, das ist ein Wiedersehen heute.

Nelly nimmt rasch einen Mantel, der unter den Kleidungsstücken am Boden liegt, auf und zieht ihn sich über.

NELLY Nein. Ich kenne Sie nicht.

JAKOB Vor fünf Jahren. Mitten im Sommer. Deine Reise nach Halle. Zum Begräbnis deines Vaters.

Nelly beginnt langsam von unten den Mantel zuzuknöpfen.

Wir saßen uns gegenüber im vollbesetzten Coupé einer deutschen Eisenbahn. Es war, als müßte ich mein Augenlicht verlieren an deine schöne Gestalt. Meine Blicke überströmten dein festes Gesicht, wollten es erweichen zu einem Lächeln. Aber es blieb klar und stark und abgewandt von mir. Ich mußte dich lieben, doch ohne jede Hoffnung auf erwiderte Gefühle. Was konnte ich tun? Ich beschloß, mich um dich zu kümmern, ohne daß du mich und meine Liebe je entdecken solltest. Seit dieser Reise nach Halle habe ich mich bemüht, deine Spur nicht zu verlieren, immer zu wissen, wo du bist und was dir geschieht.

Nelly hat den Mantel bis oben zugeknöpft. Sie drückt ihre Fingerspitzen gegen beide Schläfen.

Bald schon empfand ich, daß das Nachstellen und Verfolgen allein mir nicht mehr genügte. Also begann ich selbst die Spuren zu legen, in die du treten solltest. Ich traf die eine und andere Vorkehrung, um dein Leben von unsichtbarer, niemals sich aufdrängender Hand so zu lenken, so einzurichten, daß du dich glücklich fühlen konntest und deinem Wunsch und Wesen ganz entsprachst.

NELLY *spöttisch, doch unter großer Angst.* Da war es doch ein sonderbarer Zufall, daß ich ausgerechnet deinem Sohn begegnet bin und wir uns grenzenlos verliebten.

JAKOB Vor allen Zufällen und Überraschungen, vor allem Unübersichtlichen mußte ich dich und meine Liebe bewahren. Das war mein höchster Ehrgeiz. Aber als ich Vladimir zu dir schickte, da wagte ich weiß Gott ein Abenteuer. Es war ganz ungewiß, ob er dir tatsächlich so gut gefiel, wie ich es mir erhoffte. Mein unermeßliches Glück, als ich erfuhr: du nimmst ihn zu dir und ihr verbindet euch. Der alte eitle Kerl in mir träumte nur davon, was alles du von mir, von seinem Vater an Vladimir zu lieben lerntest.

NELLY *steht auf; legt eine Hand hinters Ohr, als höre sie gespannt zu.* Wenn alles denn so wäre, wie du sagst – aber der Vladimir hat nie gewußt, daß er nur ›eingesetzt‹ ist, von dir, zu unserer Liebe.

JAKOB Doch ja.

Er denkt einen Augenblick nach.

Doch, doch. Er wußte Bescheid über uns drei. Zumindest hat er dich nur so geliebt, wie es verabredet war mit mir.

NELLY *fällt zurück auf den Korb.* Es war verabredet?

JAKOB Immerhin, das größte Risiko in meiner heimlichen Fürsorge, ich hatte es mit Erfolg bestanden.

NELLY *starrt vor sich hin.* Vladimir war nur der Vorbote von Jakob. Jakob aber, mein Wohltäter, ist der Vorbote des Wahnsinns.

Sie legt einen Fuchspelz um und setzt einen Hut auf, dessen Schleier sie über das Gesicht zieht.

JAKOB Du mußt dich nicht fürchten. Gleich ist alles vorüber.

NELLY Erzähl du nur weiter. Ich traue keinem Wort mehr, das ich rede. Wer spricht denn, wenn ich den Mund aufmache? Bin ich es noch oder sprichst nicht du aus mir?

JAKOB Willst du dich beklagen, ich hätte ganz von dir Besitz ergriffen, ich beherrschte dich? Du tust mir unrecht. Fast immer waren es die oberflächlichen Umstände deines Lebens, die ich ein wenig beeinflußt habe. Und stets zu deinem Vorteil. Sieh nur, dies prächtige Heim. Ich habe es euch beschafft. Ich gebe zu, einige deiner kostbareren Erwerbungen habe ich dann nach meinem Geschmack – mit Unterstützung befreundeter Kunsthändler und Verkäufer – veranlaßt oder wenigstens inspiriert. Aber ist das schon Tyrannei?

Nelly nimmt den Vorhangschleier auf und zeigt ihn Jakob hin.

Ich weiß, ein kleines Malheur. Die gute Vera war damals ein wenig überfordert.

Noch ehe sie dir den Wunsch nach einer neuen Gardine entlockt hatte, wurde schon dies sonderbare Spitzenzeug ins Haus geliefert.

NELLY Vera? Sie war deine Vertraute. Ein Spion?

JAKOB Nichts Gemeines ist daran. Ich habe Vera früher einmal sehr geliebt. Irgendwie wird sie immer eine Rolle spielen in meinem Leben.

Nelly hüllt sich in den Vorhangschleier.

Ohne ihre Hilfe hätte der mühsame und kostspielige Geheimdienst meiner Liebe nicht bis zu diesem Augenblick geführt, wo ich ihn preisgeben darf.

NELLY Und wie teuer kam es dich zu stehen, mir so ein schönes Leben vorzutäuschen. Besitzt du ein Vermögen?

JAKOB Du weißt doch, was die ›Gebrüder Spaak & Co.‹ in guten Zeiten umsetzt.

NELLY *macht sich ein wenig frei, lüftet den Hutschleier.* Was hast du denn damit zu tun?

JAKOB Mir gehörte die Firma.

NELLY Bevor sie die Spaaks übernahmen?

JAKOB Nein. Die Spaaks haben mir die Geschäfte geführt. Ihr Großvater, von dem meine Familie das dürftige Unternehmen erwarb, war ein berühmter Chemiker. Deshalb blieb der Name Spaak im Firmenschild.

NELLY *ganz bei der Sache.* Wenn aber die Spaaks nur deine Angestellten waren, wie konnten sie dann von mir verlangen, ich sollte mich aus dem Betrieb zurückziehen und ihnen meine Anteile verkaufen?

JAKOB *zuckt mit den Achseln.* Sie haben auf diese niederträchtige Art versucht, einen festen Fuß in den Betrieb zu setzen.

NELLY Mein Mitbesitz ist also rechtmäßig?

JAKOB Das ist er. Nur stammt er nicht von deinem Vater her.

NELLY Natürlich nicht. Du hast mir die Anteile geschenkt.

JAKOB Die Spaaks oder was davon übrig blieb, das sucht das Weite nun.

NELLY Und wem gehört die Firma jetzt?

JAKOB Dir.

NELLY Wem?

JAKOB Dir allein. Ich habe sie auf deinen Namen überschrieben.

NELLY Nelly, am Ende, Fabrikbesitzerin.

JAKOB Du wirst frei sein und die großen Geschäfte machen. Du bist eine kräftige selbständige Frau.

NELLY Die Spaaks waren mit dir im Bunde. Sie wußten auch Bescheid?

JAKOB Nur einer. Der lange Spaak wußte von so manchem. Es ließ sich nicht vermeiden.

NELLY Wo steckt er denn?

JAKOB Er wußte, was er von mir zu erwarten hatte. Nach dem versuchten Betrug an dir. Einem Mordanschlag auf mich ist er dann selbst zum Opfer gefallen.

NELLY Er wollte dich umbringen?

JAKOB Es sah so aus, als ich ihn heute morgen hinter meinem Rücken erwischte. Da stand er mit gezogenem Dolch und einer zitternden Grimasse. Ein Mord im Hause einer Dame, deren Mordverdacht schon aktenkundig ist, das konnte selbst ein feiger Schuft wie er riskieren.

NELLY In der Frühe auf der Veranda – das warst du?

JAKOB Wenn du nicht rechtzeitig geschrien hättest, wäre ich jetzt mitsamt meinem kostbaren Geheimnis unter der Erde.

NELLY Jakob. Ich habe dir morgens das Leben gerettet, um abends von dir zu erfahren, daß mein Leben fest in deiner Hand ist. Daß es meine freie Wirklichkeit nie gegeben hat, daß sie nur eine meisterhafte naturgetreue Fälschung war.

JAKOB Nelly. Du hast frei gelebt, solange du von meiner Liebe und Fürsorge nichts gewußt hast. Jetzt, wo du alles weißt, wirst du wieder frei sein, denn ich werde dich allein lassen und nicht länger für dich sorgen.

NELLY Wie? Du kannst mich nicht verlassen. Nicht, Jakob. Nicht jetzt.

Sie will zu ihm laufen, zögert, bleibt stehen.

JAKOB Ich stelle mich den Gerichten. Ich habe mich zu verantworten für den Mord an Doktor Gustav Mann, den du in meinem Auftrag getötet hast. Und für den Mord an meiner Frau Elisabeth. Ich sage dir, du bist frei und ganz entlastet.

NELLY Aber das alles hast du doch getan, weil du mich liebst. Du hast Vladimir fortgeschickt, du hast Elisabeth getötet, um mich für dich allein zu haben.

Schwach. Wir sind jetzt nur noch zu zweit, Jakob.

JAKOB Wie du dich immer noch irrst. Ich habe dich geliebt, niemals aber wollte ich dich besitzen. Meine Liebe hat sich erfüllt mit dem allesverändernden Augenblick, in dem du begriffen hast, daß eine scheinbar frei und ziellos hingebrachte Lebenszeit in Wahrheit nur die planmäßig verlaufene Vorgeschichte eben jenes allesverändernden Augenblicks war, in dem du dies begriffen hast.

NELLY Du zerbrichst mir den Kopf. Ich werde verrückt bis auf den Grund. Angst, Angst. Ich bin bloß noch ein Gespenst von Angst. Ich fürchte mich, ich fürchte mich vor mir.

Sie wirft sich an Jakobs Brust. Dann wird sie ruhig und richtet sich wieder auf. Sie sieht Jakob an.

Und du? Bist du nicht der ganz gemeine Verbrecher, der mich über fantastische Irrwege lockt zu einer einfachen Bluttat?

Jakob führt Nelly zum Sofa. Sie setzen sich. Jakob streichelt Nellys Haar.

JAKOB Sei ganz ruhig, meine Nelly. Gleich ist alles vorüber. Elisabeth, siehst du, das war die Geschichte eines anderen Plans. Ein Plan nicht der Fürsorge, sondern der Zerstörung. Sie hat mich, als ich noch ein junger Kerl war, betrogen und an der Nase herumgeführt. Sie hat mich gedemütigt und gequält. Eines Tages hat sie mich so verwirrt und aufgebracht, daß ich einen ihrer Liebhaber erschoß. Du weißt, was es heißt, einen Mord im Gefühl zu haben. Ich wollte, daß du es erfährst, damit du mich besser verstehst. Elisabeth und ich, wir haben dann eine langweilige, verschwiegene Ehe geführt. Ich habe es ausgehalten, weil ich auf den einzigen, den besten Augenblick hinlebte, in dem ich sie am entsetzlichsten überraschen konnte – mit dem Tod durch meine Hand. Und ich wußte, daß dieser Augenblick gekommen war, als sie vor dir stand und du sie mit der Waffe bedrohtest. Da hat sie die größte Hoffnung in mir erblickt, der ich hinter dir auftrat, und da erstarrte die größte, entsetzlichste Überraschung auf ihrem Gesicht, als ich, ihr Lebensretter, sie niederschoß.

NELLY Jakob, Jakob, bleib bei mir. Laß mich nicht allein. Ich will nicht sterben. *Nelly klammert sich an Jakob. Dabei platzt sein Hemdkragen auf. Es ist zu sehen, daß er keinen Kropf hat.*

JAKOB *steht schnell auf.* Ich muß fort von hier. Ende der Vorgeschichte. Jetzt weiß ich dir nichts, kein einziges Wort mehr zu sagen.

Er geht rasch nach hinten. Nelly stößt einen fürchterlichen Schrei aus. Ihr Oberkörper sinkt auf das Sofapolster. Vera kommt von hinten herbeigelaufen: in vollständiger Reisegarderobe, mit zwei Koffern in den Händen. Jakob macht ihr ein aufgeregtes Zeichen, und Vera verschwindet sofort wieder. Jakob stellt sich hinter eine der Säulen in der Galerie. Nelly richtet sich langsam wieder auf. Sie legt

Pelz, Mantel und Hut, sogar die Kostümjacke ab. Sie trägt nur noch Bluse und Rock. Sie steht auf und sieht zu Jakobs Porträt hinauf. Sie geht zu Vladimirs Arbeitsplatz und hängt das Porträt ab. Sie geht damit zum Sofa zurück. Sie setzt sich wieder. Sie legt das Bild auf ihre Knie und schaut es an. Sie kratzt plötzlich am Hals des Porträtierten. Sie zieht einen Fetzen Leinwand ab, auf dem ein Kropf gemalt ist. Nelly faßt sich prüfend an den Hals.

NELLY Aber natürlich ist alles ganz anders. Ein gemeiner Schwindel von vorne bis hinten. Er hat doch gar keinen –

Sie muß lachen.

Vera.

Sie ruft lauter.

Vera.

Jakob kommt hinter der Säule hervor, läuft auf Zehenspitzen bis dicht hinter das Sofa.

Vera!

Nelly steht auf. Vor ihr steht Jakob, der in der erhobenen rechten Hand einen Dolch hält und eine entsetzliche Grimasse schneidet.

Vladimir. Lieber.

Jakob stößt auf Nelly ein, wieder und wieder.

Du. Nicht. Laß. Nein.

Nelly bricht zusammen. Vera kommt hereingelaufen und hält die Taschenuhr hoch.

VERA Los, Jakob. Wir müssen uns beeilen. Das Schiff fährt in einer halben Stunde.

Es wird dunkel.

Vorhang.

Bekannte Gesichter, gemischte Gefühle

Komödie

Personen

STEFAN
DORIS
DORIS
GUENTHER
HEDDA
DIETER
MARGOT
KARL

1.

Die Szenen spielen in einem kleinen Hotel in der Nähe von Königswinter, zunächst im Hotelfoyer und später im angrenzenden Saal.
Zeit: in diesen Jahren.

Stefan, Hedda, Margot und Karl an einem Tisch. Karl mit dem Rücken zum Zuschauerraum. Jeder hat einen Teller mit Essensresten vor sich. Nur Stefan ißt noch. Was er ablegt, pickt Hedda auf und lutscht es ab. Dieter sitzt etwas von ihnen entfernt in einer Sofaecke.

HEDDA Du, Stefan ... und dann?

STEFAN Sprich mich bitte nicht dauernd mit meinem Namen an. Mein Name ist keine Verlegenheitsfloskel.

HEDDA Und dann?

STEFAN *zu Karl.* Na ja, Doris stand neben mir im Luftschutzkeller. Meine Frau und ich waren damals noch Kinder. Und wir haben – in diesem Luftschutzkeller herrschte immer ein Mangel an Sauerstoff – und wir standen nebeneinander und haben den Mund an die Wand gepreßt. Wir haben nämlich die Luft aus den Mauerritzen geatmet ... Das war ganz schön ... Es entstand eine Notgemeinschaft.

HEDDA Du hast sie gleich fest ins Herz geschlossen, unsere Doris, ja?

STEFAN Ich habe sie lieben gelernt, mit der Zeit, ich hab's gelernt, es war sehr mühsam.

HEDDA Dafür ging es dann bei uns schneller, Stefan.

STEFAN Ich kann mich nur erinnern, daß es schnell wieder vorbei war.

HEDDA Bei mir nicht, Stefan. Bei mir: immer noch nicht ... Ja ja, gilt nicht, ich weiß; was wir beide zusammen erlebt haben, gilt ja nichts. Trauriges Manquo. Letztlich, für mich.

STEFAN Bekomm jetzt nicht deinen leeren Blick. Schließlich leben wir alle noch unter einem Dach. Keine Trennungen, keine Abschiede, nein, in meinem Hotel werden alle die reizenden Herzensverbindungen sorgfältig aufbewahrt, so daß wir uns inzwischen in einem erstaunlichen Museum von Leidenschaften bewegen. Wahrscheinlich das einzige Haus in Deutschland, das so viele nicht zahlende Dauergäste und so wenig Fremdenverkehr hat.

MARGOT *zu Karl.* Sie! Hören Sie mir zu ... Sie beneide ich. Ich! Obwohl Sie immer so aussehen, als ob Sie mich beneideten. Aber Sie sind besser dran. Sie haben das Schlimmste überlebt. Sie haben Ihren Unfall bereits hinter sich. Sie können sich jetzt bei jeder Gelegenheit sagen: Ach, was soll mir noch groß passieren? Aber ich, ich habe noch nie in meinem Leben etwas wirklich Schlimmes erlebt, die ganz große Katastrophe, das kommt alles erst noch. Mir steht das Schlimmste noch bevor!

HEDDA Es könnte ihm praktisch aber passieren, daß er noch ein zweites Mal von einem Auto überfahren wird ...

MARGOT *steht auf.* Also, ich hab's endlich gesagt. Jetzt brauchen Sie mich nicht mehr so minutenlang anzustarren.
Sie sieht Dieter.
Mein Gott. Warum hat sich denn niemand mit meinem Mann unterhalten?
Sie geht zu ihm.
Hinter dieser verdammten dunklen Brille schläft er immer ein, und niemand merkt es.
Sie nimmt ihm vorsichtig die Brille von der Nase und zerbricht sie überm Knie. Dieter wacht auf.

DIETER Wie? ... Ich habe zu meiner Frau gesagt: Mach Teilzeitarbeit, dabei lernst du immer neue Menschen kennen; das ist genau das Richtige, wenn man sich für Männer interessiert ... Ja – ich glaube, ich haben den Faden verloren ...

MARGOT Das sind ja wohl die kleinsten Augen der Welt!

STEFAN *zu Karl, auf Margot deutend.* Gefällt Sie Ihnen? Ich war mit ihr zusammen ...

DIETER Wo ist Doris? ... Oh, bin ich erschöpft!

MARGOT Ich glaube, deine Arbeit war in den letzten Wochen einfach zu schwer für dich.

DIETER Ich könnte heulen vor Erschöpfung.

MARGOT *zu den anderen.* Mein Mann muß in seiner Abteilung immer die Dreckarbeit machen. Das Innenministerium hat noch kurz vor Weihnachten eine neue Spezialeinheit aufgebaut, für den Grenzschutz. Eine kleine Elitetruppe von Scharfschützen und Karatekämpfern. Die haben die besten Gewehre der Welt, nicht wahr, mein lieber Schläfer?

STEFAN *zu Karl.* Wissen Sie, wie lange ich mit ihr zusammen war? So lange.

Er zeigt mit Daumen und Zeigefinger etwa zwei Zentimeter.

Verstehen Sie? Sehen Sie auf ihre Finger – so lange! Sie hat ihre Nägel wachsen lassen, von der Kuppe bis – so lang, etwa. Dann war es aus zwischen uns, und kurz darauf hat sie Dieter kennengelernt. Sie hat uns nämlich das Bundesinnenministerium ins Haus gebracht.

KARL Dieter! Haben Sie den Garten gesehen?

DIETER Nein ...?

KARL Schade.

Er steht auf, zieht aus seiner Brusttasche ein großes weißes Tuch und schlenkert einen Strauß gelber Tulpen heraus, den er Margot überreicht.

MARGOT Wie schön! Wie schön! Sie können zaubern. Karl, das habe ich nicht gewußt. Wollen Sie nicht ein Kunststück mit mir machen? Oh, ja, bitte, bitte!

KARL Wenn es Ihnen recht ist – ich würde Sie gern in den Esel Bricklebrit verwandeln.

MARGOT In den Esel Bricklebrit? Der macht Goldstücke – hinten, nicht? Jawohl, der möchte ich sein.

Sie beugt sich und streckt den Hintern heraus.

KARL *bewegt sich geschickt wie ein Zauberkünstler; er ist dabei nie ganz von vorn zu sehen; er reibt Margot mit der Hand über den Hintern und mit der anderen übers Gesicht*

– dabei steckt er ihr unauffällig Münzen in den Mund, die sie ausspuckt: Meine Herrschaften! Hier sehen Sie die arme Margot, die am kalten Weihnachtstag hinauf ins Siebengebirge stieg, um Holz zu sammeln. Denn ihr krankes Schwesterlein sollte es recht warm haben zu Hause. Als sie aber so einsam durch den finsteren Wald irrte, da stand sie plötzlich vor dem Hotel »Zum großen Glück«. Sieben Zwerge öffneten die Tür und luden sie ein und aßen mit ihr am Tischlein-deck-dich zur Nacht. Die kleine Margot aß, soviel sie nur konnte, die Glieder wurden ihr schwer und sie konnte sich schließlich kaum noch auf den Beinen halten. Da sagte sie: »Ach, ich würde die vielen feinen Speisen gern wieder von mir geben, wenn ich nur dafür das Geld bekäme, das sie gekostet haben. Damit könnte ich meinem Schwesterchen ein wunderschönes Weihnachten machen. Kaum hatte sie das gesagt, da ging ihr Wunsch auch schon in Erfüllung. Einer der Zwerge kam und rieb ihr über den Po und sagte: »Bricklebrit, Esel Bricklebrit!« – und schon drehte sich Margots dicker kleiner Magen um und es fielen hundert Goldstücke aus ihrem Mund. Und ein zweiter Zwerg kam, rieb ihr über den Po und sagte: »Bricklebrit, Esel Bricklebrit!« *Karl hantiert immer rascher, Margot windet sich und stöhnt.*

Und dann der nächste: »Bricklebrit, Esel Bricklebrit!« Und noch einer: »Bricklebrit, Esel Bricklebrit! ... Bricklebrit, Esel Bricklebrit!« ...

Margot fällt hin, würgt und erbricht.

Und nach dem siebten Zwerg war die arme Margot an ihrem gewaltigen Reichtum erstickt.

Er streift sich die Hände an seiner Jacke ab und geht zurück zu seinem Platz am Tisch.

MARGOT Dieter – hilf mir doch ... Mir ist so schlecht.

DIETER Ich sehe gar nichts. Wo hast du meine Brille hingetan?

STEFAN *zu Dieter.* Weißt du, was mir an deiner Frau unvergeßlich bleiben wird? Ihre Fingernägel.

DIETER Du mußt sie ihr jede Woche schneiden. Sie selbst mag es nicht tun.
Er sucht nach Margots Arm und zieht ihn an einem Finger empor.
Siehst du?

STEFAN Tatsächlich. Ja. Wir haben sie damals einfach wachsen lassen. Ich dachte, das wäre so ihre Art.

HEDDA *zu Karl.* Haben Sie eigentlich heute noch manchmal Beschwerden?

KARL Heute?

HEDDA Ich meine, in der letzten Zeit... Ach Gott, ich will es ja gar nicht wissen. Es fiel mir nur gerade Ihr Gesicht ein... Entschuldigen Sie.

STEFAN Spürst du's, Hedda? Deswegen muß man dich immer wieder links liegen lassen: emotional gesehen, innerlich, bist du ausgestorben, mausetot.

HEDDA Ich spür's nicht, Stefan.

STEFAN Und ich schwöre dir: es gibt auf Gottes weiter Welt keine normale Frau, der man so etwas ungestraft ins Gesicht sagt!

HEDDA Wenn ich's doch nicht spür'!

STEFAN Eben. Sag ich ja, ausgestorben. Als Frau bietest du uns hier quasi nur eine Attrappe an.

HEDDA Ich liebe dich, Stefan. Bitte richte dich danach, und sei jetzt still!

KARL Nein, streiten Sie nur. Sie wissen doch, wie schnell hier oben eine Totenstille ausbricht. Besonders an Feiertagen. Wir haben übrigens noch immer den ersten Weihnachtsfeiertag, oje, oje.

STEFAN Im Grunde geht es um Sie, Karl. Es paßt mir nicht, daß Hedda Sie derart nachlässig behandelt. Schließlich hat sie neben Doris in meinem Admiral gesessen, als Sie überfahren wurden. Zweifellos hat sie den Unfall mitverschuldet... Jawohl! Deine spezielle Art von Anwesenheit ermüdet den Fahrer! – Und während sich meine Frau bereits am Unfallort, als Sie noch ein Haufen Blut und Knochen waren, mit einem Schwur verpflichtet hat, Sie bis zu Ihrem Lebensende in Pflege zu nehmen – obwohl Sie inzwischen weißgott nicht mehr pflegebedürftig sind – währenddessen hat Hedda bis heute nicht den kleinen Finger krumm gemacht für Sie.

KARL Lassen Sie nur, ich nehme es Ihnen nicht übel, Hedda.
Leise zu Stefan.
Zu ihr finde ich absolut kein Verhältnis – ich verstehe nicht, warum Sie mir auf einmal diese dicke Frau aufdrängen? Hat Doris sich etwa beklagt?

STEFAN Nein, nein. Es geht um etwas ganz anderes. Merken Sie's nicht? Man muß sie von Zeit zu Zeit aufrütteln. Sonst stirbt sie uns wirklich noch den Gefühlstod, plötzlich schwupp, und ihr armes Innenleben saust zur Hölle hinunter.

DIETER Doris kommt. Steh auf, Margot!
Alle stehen auf. Doris kommt von rechts hinten, wo, von der Rezeption verdeckt, eine Treppe nach oben führt. Sie trägt ein Ballkleid – wie es auf den Turnieren der klassischen Gesellschaftstänze getragen wird. Sie hat ein Herrenjackett über die Schultern geworfen.

DORIS *ruft, bevor sie zu sehen ist.* Opfer! ... Opfer! ... Mein liebes Opfer!

KARL Ja?
Wenn Doris erscheint, grüßen alle formell. Hedda setzt sich wieder hin.

DORIS *zu Karl.* Ich brauche einen Kuß von dir, dringend.
Sie küßt Karl. Stefan tritt neben die beiden und spricht zu Karl.

STEFAN Küssen sehe ich nicht gern. Es entspricht nicht der Natur. Zuerst stören die Nasen, die Nasen müssen sich erst einmal aus dem Weg gehen. Und dann die Lippen – welche Lippen passen schon zusammen? In Wahrheit paßt überhaupt nichts zusammen. Es stoßen lauter gleichförmige

Organe aufeinander: der Mund auf den Mund, die Zunge auf die Zunge, die Zähne auf die Zähne. In der Natur aber vereinigen sich immer nur die gegensätzlich geformten Organe. Und deshalb halte ich Küssen für homosexuell, jawohl.

DORIS So jetzt bin ich stark. Ach, meine kleine Omega-Uhr, bitte, verwahr sie für mich, Opfer. Guenther ist wieder so furchtbar empfindlich. Hedda, ich glaube, dein Mann ist heute richtig in Turnier-Form, phantastisch! Und er ist wunderbar streng mit mir, du kennst ihn ja: zwei Uhren, sagt er, schlagen nicht im selben Takt; das können wir beim Tanzen nicht gebrauchen. Er bekommt ja dieses wahnsinnige Feingehör, wenn er tanzt. Also streife ich meine kleine Uhr vom Arm, was will man machen.

KARL *zu Doris.* Jetzt mußt du aber auch deinen Mann küssen.

DORIS Vor dem Training möchte ich es nicht. Vor dem Training gehen wir uns immer stillschweigend aus dem Weg.

STEFAN Sagen Sie ihr, daß ich Glück wünsche.

Doris trinkt aus Karls Glas.

HEDDA Sie hat seit zwei Tagen kaum etwas gegessen und immerzu deinen Apfelmost getrunken. Eigentlich müßte sie jetzt Durchfall haben.

DIETER *geht unsicher vorwärts.* Doris...!

DORIS Ja, Dieter? Oh, du siehst mich ja gar nicht!

MARGOT Er hat seine dunkle Brille verloren.

DIETER In meinem Jackett, oben in der Reservetasche, steckt eine Ersatzbrille.

Doris holt die Brille hervor, gibt sie ihm und legt das Jakkett ab.

Danke.

MARGOT Nun? Siehst du mich wieder hell und scharf?

DIETER Es tut ziemlich weh!

MARGOT Das hält dich wach.

DIETER Gib mir bitte diese Blumen.

DORIS Hedda, du weißt nicht, wie sehr ich deinen Mann bewundere. Wie er sich konzentriert! Seit einer Stunde macht er Atemgymnastik. Er wird zu einem ganz anderen Menschen. Ich muß mir immer sagen: im Alltagsleben ist er nur unser lieber Portier, Stefans Guenther, die treue Seele – sonst halte ich diese starke Persönlichkeit gar nicht aus. Das muß doch auch für dich ein herrliches Gefühl sein, nicht wahr? Und sein Körper – diese königliche Ruhe, diese königliche Spannkraft ... Ich dagegen bin heute wieder ein ganz nervöses Hühnchen ...

HEDDA Vertragt ihr euch? Das freut mich. Heute nacht hat er furchtbar geschimpft. Er hat auf deinen Hals geflucht, Doris. Dieser knochensteife Hals, beim Quickstep macht sie immer so –

Sie macht eine groteske Halsverrenkung.

DORIS Ja, der Hals, ich weiß, Hedda. Der Hals ist mein größtes Problem. Er ist schon von Natur aus nicht gerade ein Schwanenhals. Und dann bei den Kopfwenden, im Tango besonders, wird der Nacken starr, eisenhart. Es zieht von da unten – wie sagt man?

KARL Hintern.

DORIS Nein, darüber, dieser Knochen ... Sterz?

HEDDA Sterz?

DIETER Steiß, Dascha, das Steißbein.

DORIS Ja, der Steiß ... Es ist, als stecke mir der Steiß im Hals, irgendetwas Verrücktes. Dafür läuft es aber in den Hüften tadellos. Und mit meiner Fußarbeit kann ich wirklich zufrieden sein.

MARGOT *geht zu Doris.* Und warum wird der Hals nicht ein wenig geschmückt? Kein Samtbändchen? Kein Goldkettchen?

DORIS Meinst du?

MARGOT Was für ein wunderschönes Halsgrübchen! Dahin gehört doch ein Diamant, ein blitzender Edelstein.

DORIS In mein »Halsgrübchen«?

MARGOT Liebst du es denn nicht? Aber ja!

DORIS Ist es wirklich hübscher als deins?

MARGOT Ich finde es ganz besonders hübsch. Denk dir, einmal habe ich bei einem Kriegsversehrten gearbeitet, der hatte da ein Loch, ein richtiges Loch, und es zischte die Luft heraus, wenn er diktierte... Pffft!

DORIS Huh! Schrecklich...

STEFAN Seht nur, vor dem Training amüsieren sie sich wie die Juden. Und in anderthalb Monaten haben wir die Deutsche Meisterschaft in Münster.

Zu Karl.

Kennen Sie Münster?... Komisch, keiner kennt das. Na, ich fahre sowieso nicht hin.

HEDDA Gut, daß mein Mann es nicht sieht. Jetzt bringt sie doch für ihn keine saubere Harmonie mehr auf.

DIETER Dascha, ich hatte dir dies niedliche Amulett aus Dänemark mitgebracht...

DORIS Oh, ja, ich habe es wahnsinnig gern gemocht... Es war ein silbernes Herzchen zum Aufklappen – und es ist mir furchtbar schwer gefallen, aber, weißt du, ich mußte dem Guenther eine Kleinigkeit schenken, nach dem Hoffnungslauf – wo wir uns doch so gut plaziert haben.

DIETER Ach so. Nun, es war auch nicht besonders wertvoll.

HEDDA *zieht ein Amulett unter ihrem Pullover hervor.* Und da haben wir es wieder, das kleine Wanderherz... Willst du es noch einmal umlegen, Doris? Ich borge es dir gern.

DORIS Wenn ihr meint. Guenther wird sich wundern...

Hedda steht auf und legt Doris das Amulett um den Hals.

STEFAN *zu Karl.* Die Sache mit ihrem Hals ist in Wirklichkeit der Anfang vom Ende. Sie weiß es bloß nicht oder will es nicht wissen. Rückgratverkrümmung, verstehen Sie? Ein hoffnungsloser Fall. Das hat sie von ihrer Mutter, die schlich mit fünfundvierzig Jahren schon herum wie eine Neun.

Dieter legt Doris sein Jackett über die Schultern und knüpft ihr eine Tulpe ins Knopfloch.

KARL *zu Stefan.* Was reden Sie da? Meine Königin? Sie tanzt und solange sie tanzt, ist ihr Körper gegen jede Krankheit geschützt.

STEFAN Ihr persönlicher Wunderglaube, Karl – die Wissenschaft ist anderer Meinung. Nun ja, ich weiß jedenfalls Bescheid. Ich mache mich noch auf eine Tragödie gefaßt. Sie selbst ahnt nichts. Sie kennt ja keine Angst ... nicht mehr. Das ist auch so eine menschliche Einbuße.

KARL Wenn Sie wollen, jage ich ihr jetzt einen kurzen Schrecken ein. Sie werden sehen, Ihre Frau steht im Vollbesitz aller weiblichen Gefühle.

Dieter beugt sich zu Doris und flüstert ihr etwas zu. Was er sagt, ist ziemlich laut über Verstärker aus dem Saal zu hören.

DIETER Ostern auf Ibiza! Komm mit mir, Dascha!

DORIS Was...? Was ist das? Warum spreche ich aus einem Apparat?

Alle stehen auf. Karl zieht die Blume aus Dieters Jackett und spricht hinein wie in ein Mikrofon. Seine Stimme ertönt nun ebenfalls über Verstärker.

KARL Meine Herrschaften! Augen auf, die Ohren gespitzt! Wenn ich bitten darf: ein kleines Verwandlungskunststück zum ersten Weihnachtsfeiertag... Sie aber, junger Mann, hüten Sie sich vor dem grausamen Echo der Zauberblume! Ihre eigenen Worte, Worte des Verrats und der gemeinen Habgier, sie werden in Ihren Ohren dröhnen und tosen wie tausendjährige Wasserfälle...

DIETER Er hat Wanzen in die Tulpe versteckt. Wie die Ostagenten. Überall kleine scharfe Mikrofone...

Ein Lärm wie der von stürzenden Gewässern ertönt aus den Lautsprechern. Doris hält sich die Ohren zu und läuft nach rechts ab. Hinten im Saal wird es sehr hell, vorne in der Halle scheint ein rötliches Varietélicht. Alle außer Karl hocken sich auf den Fußboden. Ein Modellflugzeug kommt herbeigeflogen und kreist über ihren Köpfen. Brennende

Wunderkerzen fallen zu Boden. Aus Sesseln und aus dem Sofa springen Federn und beginnen zu glühen. Auf dem Fernsehapparat bewegt sich eine elektrische Leuchtpflanze. Karl wendet sich nach vorn – zum erstenmal ist sein entstelltes Gesicht zu sehen – und zieht bunte Tücher aus seinen Fingerspitzen. Schließlich verschwindet das Flugzeug, der Lärm läßt nach, und jetzt erklingt Tanzmusik aus dem Saal. Alle drei Saaltüren öffnen sich weit. Man sieht Doris und Guenther einen langsamen Foxtrott tanzen. Alle stehen auf und gehen etwas nach hinten ...

HEDDA Guenther, mein Gott – das ist Spitze, das ist absolute Spitze!

STEFAN Die gepaarte Dummheit ...

DIETER Was?

STEFAN Ist es nicht so? Doris und Guenther, jeder für sich, sind geistig nur mittelmäßig begabt. Genau wie du und ich. Aber beim Tanzen, in dieser gehobenen Vereinigung, da erzeugen sie ein Phänomen von höherer Intelligenz. Ich fühle mich jedenfalls immer ein bißchen intelligenter werden, wenn ich ihnen zuschaue.

MARGOT Ich glaube, jetzt habe ich meine Tage gekriegt.

KARL Psst! Doris ist nicht in Ordnung ... Sie verschleift die Ausgänge ... eins, zwei, drei ... oje, oje. Nicht im Takt.

Doris stürzt plötzlich zu Boden. Von allen ein »Oh« des Entsetzens. Guenther bleibt starr vor ihr stehen. Doris, in ihrem Schock, erhebt sich nur langsam und entmutigt bietet sie sich Guenther in Ausgangsposition an. Guenther schlägt ihr rechts und links ins Gesicht. Er verläßt den Saal und kommt in die Halle, geht ganz nach vorne, setzt sich, abgewendet von den anderen.

HEDDA *wenn Guenther an ihr vorbeikommt.* Du warst wunderbar, Liebster.

STEFAN Meiner Frau ins Gesicht schlagen – das gehört sich nicht! Das steht dir nicht zu!

Doris kommt langsam nach vorne.

HEDDA Ungeschick läßt grüßen. *Sie setzt sich.*

DORIS *zu Stefan.* Nimmst du mich bitte in Schutz.

STEFAN Ja, was soll ich sagen ... ich glaube, du hast dich ins Aus getanzt, meine Liebe. Was meinen Sie, Karl?

KARL Mit so einem Sturz ist natürlich alles vorbei. Das darf nicht passieren. Haben Sie gesehen: Guenthers Rechtsdrehung! Ein plötzlicher Aufschwung, Machtgefühl, Hochstimmung. Das kam für sie zu überraschend, darauf war sie einfach nicht gefaßt.

HEDDA Gibt es das? Ein Paar! Ein Paar, das diesen wunderbaren Namen verdient – und einer läßt sich vom anderen überraschen und fällt vor Überraschung aufs Parkett? Weil die Dame auf eine winzige Beschleunigung, eine winzige Gewichtsverlagerung nicht gefaßt war? Gibt es das? Bei einem Paar, das den Namen Paar verdient – daß einer auf die allergeringste Regung des anderen nicht gefaßt wäre? Nein, nein, nein. Das gibt es nicht. Oder doch: bei den wilden Paaren, den Liebespaaren, die nachts in den Kneipen zum Schwofen gehen ... Wozu habt ihr denn eure Nerven, weshalb trainiert ihr diesen feinen Apparat tagaus, tagein? Damit eure Harmonie unbeirrbar wird, eure Übereinstimmung muß vollkommen unbeirrbar sein ... Das ist es doch, darauf kommt's an in unserem Lieblingssport ... Oder rede ich etwa Unsinn? ... Guenther!

GUENTHER Kschscht!

DORIS Zurück marsch marsch ins Pommernland!

KARL Das Schlimmste ist der nun entstandene Vertrauensbruch.

MARGOT Ein eiskalter Star wie du – der fühlt keine Achtung vor der Frau. Du läßt doch menschlich niemanden an dich ran.

GUENTHER Du – quatsch mich nicht so frech von rückwärts an, ja?

STEFAN Hörst du, Margot? Das ist jetzt der Foxtrott-Tänzer, wenn er spricht. Sehr interessant.

MARGOT Ein eiskalter Star. Wenn ich heute nicht meine Tage hätte, würde ich ihn gern mal zur Schnecke machen.

DIETER Hast du gehört? Zur Schnecke will sie dich machen. Zur Schnecke.

Er deutet es mit zwei herabhängenden Fingern an.

GUENTHER *zu Margot.* Wir beide haben noch keine zwei Worte miteinander gewechselt. Stimmt's?

MARGOT Stimmt, ja.

GUENTHER Du merkst also: für mich gibt's dich hier oben eigentlich gar nicht.

MARGOT Ich war schon mal hier, da hast du mir die Koffer aufs Zimmer getragen.

GUENTHER Wann war das?

STEFAN Voriges Jahr, Guenther, in der Ferienzeit.

GUENTHER Und? Ging's gut?

MARGOT Ach Guenther, im vorigen Jahr kam es wie es kam.

GUENTHER Du Gräte.

MARGOT Oh! Bin ich dir etwa zu dünn?

DORIS Dieter! Willst du bitte dafür sorgen, daß sich jemand mal um mich kümmert.

DIETER Meiner Meinung nach sollten wir beide uns jetzt ein Stündchen aufs Ohr legen, Daschaliebling.

DORIS Idiot!

STEFAN Sag bloß nicht immer »Dascha« zu meiner Frau. Das erinnert mich an ganz etwas anderes.

KARL Weihnachten ist bekanntlich ein katastrophenfreudiges Fest. Irgendwo passiert an diesen Tagen immer etwas Fürchterliches. Entführungen, Flugzeugabstürze, Erdbeben. Wir sollten das Fernsehen anstellen, dann wissen wir, was es diesmal Schlimmes gibt.

Er will den Fernsehapparat anstellen, Doris hindert ihn daran.

Aber vielleicht ist der Rhein über die Ufer getreten, Königswinter steht unter Hochwasser.

DIETER Überschwemmung? So etwas könnten wir gebrauchen. Wissen Sie, bei uns im Innenministerium sehnen sich die Herrschaften nach solchen Katastropheneinsätzen. Das macht unseren Grenzschutz populär. Die meisten Leute fragen sich doch heute, wozu überhaupt Grenzschutz? Und dann schicken wir eine stramme Hundertschaft nach Königswinter, die bringt das alles wieder in Ordnung. Die Jungens bauen Dämme und versorgen die Bevölkerung. Und jeden Abend sind wir dann in der Tagesschau.

DORIS Opfer, hier stehe ich. Ich! Ich will jetzt wissen, ob er sich bei mir entschuldigt – und dann tanzen wir weiter.

KARL Ja ... das wäre wohl das Einfachste, nicht? ...

Zu Dieter.

Habe ich Sie richtig verstanden: Sie interessieren sich auch fürs Fernsehen? Und ich erst! Vor dem Unfall – vor unserem Unfall, Doris! – da habe ich jeden Tag fünf bis sechs Stunden ins Fernsehen geschaut. Ja. Das volle Programm. Ich habe ja immer zu Hause gearbeitet, die Rätselseiten und die Horoskope für die Illustrierten konnte ich meistens zu Hause zusammenstellen. Und dabei immer das Fernsehen an, immer in die weite Welt hinausgeguckt bei der Arbeit. Das war sehr, sehr anregend. Und natürlich auch ein bißchen gefährlich, wie jede echte Leidenschaft. Auf die Dauer lösen Sie sich in pures Zuschauen auf, Sie sind nur noch das Sehen, ohne Namen, ohne Körper, Sie sehen sich das Licht aus den Augen. Wissen Sie, was ich am liebsten gesehen hätte? Einen ganzen Tag lang die Tagesschau, rund um die Uhr. Was alles so gleichzeitig passiert, während ich hier sitze und zuschaue, von Satelliten übertragen, morgens um acht: Eröffnung eines neuen Riesensupermarkts in Detroit, halb neun: Gemeinderatswahlen in Cuxhaven, zwanzig vor neun: Indira Gandhi in Moskau ...

DORIS Sie vergessen mich einfach ... Hört mich denn niemand? ... Stefan! Muß ich mich denn schämen?

STEFAN Ich weiß nicht recht, meine Liebe –

DORIS Ja, ich bin auf die Schnauze gefallen ... Mein Gott!

Und da findet ihr alle nicht drüber weg? Das ist so furchtbar peinlich, wie?

KARL Entschuldige – aber du weißt ja nicht, wie es ausgesehen hat, Doris. Der Anblick, der entsetzliche Anblick... Das hohe Paar, das plötzlich entzweibricht; die ideale Harmonie, die plötzlich zerspringt...

HEDDA Bist du sicher, daß du dich nicht verletzt hast, Doris? Guenthers erste Partnerin ist einmal, ich glaube, es war bei einem Pasodoble, richtiggehend verunglückt. Sie wurde mit einem doppelten Knöchelbruch ins Krankenhaus transportiert. Wie hieß doch gleich die Frau vor Doris?

DORIS Piesepampel, Piesepampel, Fräulein Piesepampel hieß sie.

GUENTHER Ell.

HEDDA Ja, die Ell.

DIETER Wie – »L«?

HEDDA Na, Ell, wie der Buchstabe, nur mit Doppel-L.

DIETER Ll – das ist doch kein richtiger Name.

GUENTHER Ell wie »Ellen«, aber ohne »en« und auch nicht als Vorname, sondern als Familienname, Sabine Ell. Klar?

HEDDA Nach dem Unfall hat er sie nicht mehr angerührt, nie wieder gesehen, aus und vorbei. Und sie war eine wirklich schöne Frau, was? Schön und stolz wie Ava Gardner.
Zu Doris.
Obwohl sie aus ganz kleinen Verhältnissen stammte.
Leise auf Guenther deutend.
Genau wie er. Wahrscheinlich lernt man dort unten mit der Muttermilch, was Stolz ist und Disziplin. Das können wir gar nicht nachempfinden, Doris. Unsereins, wo wir herkommen, da wird man eben nichts Halbes und nichts Ganzes. Alles nur Mischmasch, Mischmasch, Mischmasch...

DORIS Aber für den Turniertanz habe ich eigentlich sogar eine bessere Figur als Ava Gardner. Die war doch eher füllig, nicht?

GUENTHER Wenn sie sehr gut war, tanzte sie immer ein bißchen Marke Eigenbau. Da mußtest du natürlich höllisch aufpassen, das konnte jeden Augenblick ins Auge gehen. Aber, bis auf das eine Mal, war es absolute Spitze. Wenn du ganz oben bist – auf dem höchsten Gipfel der Harmonie – und dann ein bißchen übermütig werden, einen kleinen Flirt riskieren, einer lockt den anderen in immer größere Gefahr ... mein Gott, das ist schon was! Ganz oben, da wird der Sport zur reinen Herzensangelegenheit.

Doris So etwas Ähnliches haben wir beide doch auch schon erlebt, Guenther. Weißt du noch, in Passau, bei den Donaumeisterschaften – es war der Wiener Walzer im zweiten Durchlauf – plötzlich hat es uns beide, mir nichts – dir nichts hat es uns ... wie sagt man? Übermannt? Ja, es hat uns übermannt, die Harmonie war einfach zu groß, und die Tränen hüpften aus unseren Augen, beinah hätten wir unterbrechen müssen.

Guenther Ein schwacher Moment, ich danke schön.

Er wendet sich zum erstenmal an Doris.

Merk dir eins: Vollendung ist in sich eine todsichere Sache. Da gibt es nichts, was sie kaputtmachen könnte. Keine Tränen, kein Ausrutscher, kein verzogener Hals, gar nichts. Im Zustand der Vollendung wird der gewöhnliche Fehler zum Tüpfelchen auf dem I der Vollendung. So ist es, und wenn es nicht so ist, dann herrscht die Stümperei, der Dilettantismus. Und in diesem Fall bin ich nicht mit von der Partie. *Er zieht seine Schleife auf, öffnet den obersten Kragenknopf.*

Doris Ja, Guenther, da hast du recht. Und ich verspreche dir, ich werde jetzt traumhaft gut sein, ich versprech's dir. Laß uns nur gleich weitermachen... Komm, wir dürfen keine Zeit mehr verlieren... Noch einmal den Slowfox, Herr Kapellmeister! Darf ich bitten...

Sie tanzt ein paar Schritte allein nach hinten, schaut sich dann nach Guenther um. Sie bemerkt, daß er sich den Schnürsenkel aufknüpft.

Guenther! Was tust du? Du ziehst deine Schuhe aus? Willst du jetzt Schluß machen?

HEDDA Lieber ein Ende mit Schrecken als ein Schrecken ohne Ende. Stimmt's?

STEFAN Ich wünschte, ich hätte jetzt eine Mütze auf dem Kopf.

KARL Ach? Und dann?

STEFAN Tief in die Stirn ziehen.

DORIS Ich glaube, ich bin hier ganz woanders...

MARGOT Und ich wünschte, mein Schwesterchen wäre hier. Da hätten wir jemanden zum Spielen.

DIETER Mit Silke spielen? Was denn? Die betet doch dauernd.

MARGOT Ja, sie betet gern. Das hat sie in der Klinik gelernt.

DORIS *springt auf einen Sessel.* Meine Herrschaften! Freunde des deutschen Tanzsports! Deutsche Amateure! Hier spricht die Stimme der Verachtung, hier spricht die Kehrseite der Medaillen... Ich sage euch, unsere Satzungen sind hoffnungslos veraltet, sie sind reaktionär. Abschaffen, weg damit, abschaffen. Der moderne Turniertanz braucht neue Regeln, neue Ideale: Haß, Gemeinheit, Unterdrückung, Ohrfeigen, allgemeine Gefühlskälte – meine Herren Wertungsrichter, haben Sie gehört? Das sind Ihre neuen Maßstäbe. Und auch die Veranstalter müssen umdenken: noch immer glänzen überall die glatten Parkettböden – sie müssen aber alle sofort mit Schotter überzogen werden... Ich fordere die totale Verdunkelung aller Festsäle. Tod den Illusionen! Alle Musikstücke werden von hinten nach vorne gespielt. Das Paar, bei dem zuerst ein Partner den anderen zu Boden tanzt, erzielt einen deutlichen Punktgewinn. Fällt der Herr und die Dame bleibt auf den Beinen, so verdoppelt sich der Punktgewinn. Das ist klar... Es dürfen sich keine Blitzlichter mehr ins Publikum mischen ... keine Blitze mehr ... kein Licht... Kein Licht.

Sie sinkt in den Sessel hinab.

Weil's mich so sehr quält!

Die kleine Doris und der große Guenther
Ein deutsches Meisterpaar aus Königswinter –
Ach, plötzlich hat sie den Halt verloren
Da schlägt er ihr über beide Ohren

Die liebe Doris und der böse Guenther
Ein deutsches Meisterpaar aus Königswinter?
Den Titel haben sie nie besessen
Geschieden das Paar und Münster vergessen

Die arme Doris und der arme Guenther
Kein deutsches Meisterpaar aus Königswinter
Sie hört ihn nicht »Verzeih mir« sagen
Dann mag auch sie kein Kleid mehr tragen …

Doris öffnet ihr Ballkleid und streift es mit einem Handgriff vom Körper. Sie hat jetzt nur ein graues Turntrikot an. Mit dem Kleid in der Hand läuft sie zur offenen Saaltür und schleudert es auf das Parkett. Dann geht sie zurück zum Sessel und kauert sich teilnahmslos hinein.

DORIS Ihr Pottsäue.

STEFAN Das war sehr schrecklich, Doris.

MARGOT Hoffentlich träume ich nicht davon.

GUENTHER Soviel ich weiß, seid ihr beide zusammen aufgewachsen, deine Frau und du. Zwei glückliche Bürgerkinder, schon bald nach der Geburt zum Ehepaar bestimmt –

STEFAN Guenther – es ist gut.

GUENTHER Versteh mich. Ich suche verzweifelt nach einem gewissen dunklen Punkt in eurer Lebensgeschichte …

STEFAN Später, später. Ich muß jetzt etwas mit dir besprechen. Einen Augenblick … Dieter! Sei so gut und bring Doris auf ihr Zimmer.

DIETER Ich?

STEFAN Ja. Ich möchte jetzt das bewußte Gespräch führen.

DIETER So? Ja … ich … ehrlich gesagt, der Schreck sitzt mir noch in allen Gliedern.

STEFAN Du brauchst wirklich keine Angst zu haben. Sie ist jetzt ganz ruhig. Nimm sie auf den Arm...

KARL Lassen Sie mich das nur machen.

STEFAN Nein, bitte, ich möchte, daß Sie hier unten bleiben, Karl.

DIETER *nimmt Doris auf die Arme.* Gott, wie leicht sie ist... das Häufchen Elend.

Er geht nach rechts ab, die Treppe hinauf.

KARL *zu Stefan.* Ich wollte Ihnen nur sagen: ich weiß jetzt Bescheid.

STEFAN Tatsächlich? Danke... später, mein Lieber, ja?

HEDDA Margot – funktioniert auf deinem Zimmer das WC noch?

MARGOT Nein, eingefroren. Ich gehe immer runter zu Karl in die erste Etage.

Sie steht auf, geht zur Treppe und wartet dort.

HEDDA Darf ich...?

KARL *sieht auf die Uhr:* Das ist schlecht. Um diese Zeit ist der Wasserdruck bei mir sehr schwach.

HEDDA Soll ich's mir vielleicht aus den Rippen schwitzen?!

STEFAN Geh meinetwegen auf mein Zimmer. Tu mir die Liebe und geh!

HEDDA Weißt du, was ich an deiner Frau nicht begreife? Daß sie noch nicht einen einzigen Selbstmordversuch gemacht hat. Dabei ist sie der Typ der Selbstmörderin. Hat's aber noch nie probiert... Merkwürdig.

Sie geht zur Treppe, hakt sich bei Margot unter, beide ab.

GUENTHER Ist heute der erste oder der zweite Feiertag?

STEFAN Der erste, Guenther, heute ist der erste Feiertag.

GUENTHER Dann ist morgen endlich der zweite.

STEFAN Ja, Guenther, morgen ist der zweite. Und dann kommt noch der Sonntag.

GUENTHER Ach? Ein Sonntag kommt auch noch?

STEFAN Ja. Wußtest du das nicht?

GUENTHER Nein. Warum?

STEFAN Ich dachte, das wüßtest du... Ja... Was ich sagen wollte – übrigens: Willst du wirklich auf Münster verzichten?

GUENTHER Wenn es mit Doris nicht besser wird, sehe ich schwarz.

STEFAN Du weißt bestimmt, wie man sie in dieser Krise richtig behandelt.

GUENTHER Kopf runter und mit der Nase in den eigenen Dreck. Was sonst?

STEFAN Ja, das wird wohl das beste sein ... vielleicht... Was ich dich eigentlich fragen wollte, Guenther: diese Arbeit in meinem Haus ist doch eine unerträgliche Zumutung für dich, nicht wahr?

GUENTHER Nein, ich liebe unser Hotel, Stefan.

STEFAN So? Du liebst diese Bruchbude ... komisch, komisch. Trotzdem: was würdest du sagen, wenn ich dich eines Tages ins Vertrauen zöge und dir erklärte: »Die Sache ist die, ich werde verkaufen, alter Freund!«?

GUENTHER Dann würde ich wahrscheinlich sagen: »Das kommt überhaupt nicht in Frage, mein Lieber. Ich bin dagegen.«

STEFAN Dagegen ... hm. Obwohl du von Rechts wegen, ich meine, gewissermaßen als mein Angestellter, gar keine Möglichkeit hast, dagegen zu sein – oder?

GUENTHER Wie du weißt, habe ich mich in diesem Haus auf sehr verschiedene Weise entfaltet. Du darfst mich ruhig auch mal als deinen Freund betrachten.

STEFAN Ich rede doch dauernd von Freund zu Freund zu dir. Merkst du das nicht?

GUENTHER Offenbar hast du das falsche Thema erwischt. Unser Hotel verkaufen –! Die Heimat unserer Freundschaft verlassen; mit solchen Gedanken spielt man nicht unter Freunden.

STEFAN Entschuldige – du machst es mir wirklich nicht leicht – aber »unser Hotel« ist es eben nicht, leider! »Stefans Hof«

gehört mir, wie der Name schon sagt, mir ganz allein, und ich allein trage hier die gesamte Schuldenlast.

GUENTHER Natürlich ist das unser Hotel. In diesen Räumen sind wir zusammengewachsen: du und ich, Hedda und Doris, Doris und ich, und so weiter, reihum. Wir alle haben hier unser Zuhause. Hier finden wir unser Vergnügen, hier können wir in Ruhe trainieren, und – vergiß das nicht – ich persönlich habe eine ganze Menge in dieses Haus investiert: Hundert Prozent Arbeitskraft.

STEFAN Deine Arbeit, ja. Für sich betrachtet, unter uns, stellt sie zweifellos einen unschätzbaren Wert dar. Der gesamte Dienstleistungsbereich – und das bist immer nur du allein gewesen; du, der Empfangschef, der Portier, das Zimmermädchen, der Kellner, der Gepäckträger, alles du, die treue Seele – das hat bis zuletzt tadellos funktioniert. Unsere Gäste – und damit komme ich auf eine kostbare Rarität zu sprechen – im letzten Jahr standen wir ja vor dem Problem, durchschnittlich etwa zweieinhalb Gäste pro Nacht auf unsere sechsundzwanzig Betten zu verteilen... Menschenskind! Das sind nicht einmal zehn Prozent Platzausnutzung!... Nun ja, jedenfalls unsere Gäste, diese seltenen Vögel, fanden alles vor, was zu einem gutgehenden Hotelbetrieb gehört: täglich frisch überzogene Betten, ein weiches Frühstücksei und sogar eine selbstgemachte Aprikosenmarmelade – wo gibt's das noch? Dafür hast du gesorgt, in bewundernswerter Selbstaufopferung, Guenther. Aber: siehst du, dieser an sich unschätzbare Wert deiner Arbeit wird nun von einer kolossalen Negativleistung, die sich irgendwie auf der Kapitalseite, also quasi in meinem Bereich, ergeben hat, irgendwie ergeben hat, überschattet, niedergewalzt, total vernichtet. Denn: da ich nun mal von uns beiden in der ökonomisch mächtigeren Position sitze, wirkt sich alles, was ich tue beziehungsweise unterlasse, zigtausendmal stärker auf unsere gemeinsame Lage aus als alles, was du so tust oder läßt. Ob du nun wochenlang schuftest wie ein Scheunendrescher oder wochenlang von morgens bis abends Tango tanzt – im Grund ist das völlig egal. Ein geringfügiges Nichtstun meinerseits, ein kleiner nicht gerührter Finger – in Sachen Steuerabschreibung, Werbung, Investitionen und so weiter – und schon hat deine ernste, rastlose Tätigkeit jede Bedeutung verloren, und in den Augen der Ökonomie ist es nur noch eine unsinnige Zappelei, die du da aufführst. Für dich persönlich sieht es natürlich anders aus, denn du bekommst ja regelmäßig deinen Lohn. Aber für das Ganze, das Unsere, das letztlich in meinen Händen liegt, ist deine Arbeit vollkommen überflüssig. Ich bin nämlich bankrott, Guenther. Ja. Bankrott. Pleite. Der Teufel weiß, wie das passiert ist: Schulden hat es ja immer gegeben, aber die müssen plötzlich einen Riesensprung gemacht haben. Jetzt stehen sie bei zweihunderttausend Mark. Oder inzwischen sind es vielleicht schon eine Viertelmillion, wer weiß.

Das rast ja unaufhörlich in die Höhe. Ich muß verkaufen, sofort!

Er springt auf.

GUENTHER Moment. Wenn ich dich richtig verstanden habe und vorausgesetzt, ich habe die volle Wahrheit gehört, dann hast du hier oben die ganze Zeit über das Dasein eines geschäftsuntüchtigen Hoteldirektors geführt, hast unser Haus finanziell heruntergewirtschaftet, ruiniert, offenbar mit bestem Wissen und Gewissen, und das alles nur meinetwegen – nur um mich zu demütigen, nur um meine Person und meine Arbeit vor dem Hintergrund des Untergangs lächerlich zu machen?

STEFAN Entschuldige – aber es dreht sich hierbei einzig und allein um mich. Eigentum macht mich krank. Ich bin unfähig, irgend etwas zu besitzen. Man darf mich nicht besitzen lassen! Ich habe schon als kleiner Junge alles kaputtgemacht, was mir gehörte. Furchtbar gern, krick-krack...

GUENTHER Karl, sehen Sie nur!

Karl Ach, so ein Hotel ruiniert sich doch heutzutage ganz von allein...

Guenther Ich werde mir jetzt die Bücher ansehen ... ich glaube das einfach nicht ... bis auf weiteres übernehme ich die Leitung der Geschäfte!

Stefan Setz dich. Da gibt es nichts mehr zu leiten. Es muß nur noch ein Verkaufsvertrag unterschrieben werden, und das mache ich.

Guenther *zieht seine Schuhe an.* Und wer sollte wohl unser Hotel kaufen? Wenn es wirklich so hoch belastet ist, wie du sagst. Die Branche ist bekanntlich nicht gesund.

Stefan Richtig, Guenther, richtig. Kein Konzern und keine Kette interessiert sich für dieses verlorene Objekt.

Guenther Na also.

Stefan Daraus könntest du schließen, daß mein Partner wahrscheinlich kein privatwirtschaftliches Unternehmen ist.

Guenther Sondern?

Stefan Sondern zum Beispiel eine Behörde, die nicht aus Profitinteressen kauft.

Guenther Ist dir das eingefallen?

Stefan Nein. Das stammt von Dieter.

Guenther Aha! Der Sesselpuper aus dem Bundesinnenministerium! Der steckt dahinter? An die verkaufst du? Ja? Ein großer Streich, wahrhaftig! Bundesinnenministerium! Unser Hotel – ein Hauptquartier für Agenten und Verfassungsschützer, Denunzianten, Spitzel ... eine Überwachungszentrale, Abhöranlage, Geheimkarteien!

Stefan Du tust gerade so, als sei das Ministerium für Inneres ein Verbrechersyndikat. Es ist unter anderem auch für die Pflege von Sport und Kultur zuständig. Zum Beispiel fördert es den deutschen Amateurtanzsport. Und wenn alles gut geht, darfst du in Münster, bei der Siegerehrung, dem Herrn Bundesinnenminister die Hand schütteln...

Guenther Mann Gottes – bist du ein Schurke!

Stefan Werde nicht kindisch, Guenther.

GUENTHER Und was bezahlen sie dir für diesen gemeinen Verrat?

STEFAN Nichts.

GUENTHER Wieviel?!

STEFAN Gar nichts, keinen Pfennig. Sie übernehmen das Haus mit den gesamten Verbindlichkeiten und richten hier ein Ferienheim für ihre Beamten und Angestellten ein.

GUENTHER Und du?

STEFAN Und, ich ... na ja, für mich gibt es da einen kleinen Posten, ganz unbedeutend, ich werde so ein kleiner Angestellter in Dieters Grenzschutzabteilung. Der Dieter hat das quasi alles so vermittelt...

GUENTHER Alle Achtung! Du kennst die Bräuche! Ämterkauf, Korruption? Vetternwirtschaft. Du schreckst vor nichts zurück.

STEFAN Ich halte dieses Privatbesitzertum nicht länger aus. Ich will nicht mehr selbständig sein. Es ist ebenso langweilig wie lebensgefährlich. Ich will ein zuverlässiger Mitarbeiter werden, ein vernünftiger Mensch, der bescheidene, festumrissene Aufgaben erfüllt, termingerecht, in einem stillen modernen Büro mit Blick ins Grüne, Klimaanlage und Licht, viel Licht.

GUENTHER Und wir? Was soll aus uns werden? Aus unseren sportlichen und menschlichen Verbindungen? Du wagst es wirklich, diese hochempfindliche Lebensgemeinschaft auf die Straße zu setzen?!

STEFAN Ein solcher Kreis läßt sich auch woanders wieder aufziehen. In Bonn –

GUENTHER Nein!

STEFAN Dann eben nicht. Mir liegt sowieso nichts mehr an diesem Affenzirkus. Ich brauche Lebensveränderung! Berufswechsel; Menschenwechsel, jawohl.

GUENTHER Mein lieber Staatsfreund – dieses schmutzige Geschäft wirst du wieder rückgängig machen. Verstanden? Ich werde dich dazu zwingen; wenn es sein muß: mit meinen bloßen Händen. Das ist vorerst mein letztes Wort in dieser Sache. Ich hole jetzt zum Gegenschlag aus. Ich werde dir eine Lösung unserer Probleme präsentieren, eine Lösung, die du dein Leben lang nicht vergessen wirst!

Er geht nach hinten, in den Saal, wirft alle Türen zu. Bis zum Ende der Szene hört man ihn – mit Unterbrechungen – heftig auf und ab gehen.

STEFAN *zu Karl.* Klingt gefährlich, wie? Glauben Sie, er wird gewalttätig?

KARL Nein. Das glaube ich nicht.

Guenther öffnet eine Tür und wirft Doris' Tanzkleid hinaus.

STEFAN Hysterie, nicht? Wahrscheinlich schnappen sie alle über bei dem Gedanken, daß sie hier raus müssen. Ich hatte mir das etwas einfacher vorgestellt. Kann sein, die machen mir einen handfesten Aufstand ... Palastrevolution, wie?

Er kichert.

Meinen Sie, es könnte mir persönlich etwas passieren?

KARL Nun, es tut sich was. »Lebensveränderung«.

STEFAN Hassen Sie mich auch?

KARL Nein, keine Spur.

STEFAN Auf wessen Seite stehen Sie denn?

Karl lacht.

Warum lachen Sie?

KARL Weil Sie mich das fragen.

STEFAN Warum nicht? Sie gehören doch auch zu uns, zu Doris und Doris gehört zu Guenther und ich – na ja, Sie wissen schon, dieser Ringelpiez mit Anfassen.

KARL Aber ich bin doch nur das »Opfer«.

STEFAN Ach so. Ja. Das heißt: Sie verhalten sich neutral. Gut. Vergessen Sie's nicht. Ich gehe jetzt auf mein Zimmer. Gute Nacht.

Geht nach rechts.

KARL Gute Nacht, Stefan.

STEFAN Glauben Sie nur nicht, daß ich mir meiner Sache hundertprozentig sicher bin. Ich stelle mir gerade vor: wir beide begegnen uns nach vielen, vielen Jahren, zufällig, abends auf der Landstraße. Dann werden Sie vielleicht mit dem Finger auf mich deuten und in Ihrer Erinnerung kramen. »Bist du nicht der Kerl« – würden Sie mich fragen –, »der Kerl, der immer alles falsch gemacht hat? Na, und wie geht das Leben jetzt, Herr Stefan Irrtum, machst du noch immer fleißig alles falsch, was du so machst?« ... So etwas könnte mir unter Umständen passieren, nicht?

KARL Ja. Unter Umständen. Wenn allerdings wir – Sie und ich – uns eines Abends auf der Landstraße treffen sollten, dann haben Sie die Gewißheit, daß Sie immer alles richtig gemacht haben.

STEFAN Ach? Sagen das die Sterne?

KARL Ja. Das sagen sie.

STEFAN Dann sind Sie also der einzige Mensch in diesem Haus, den ich später gern einmal wiedersehen würde.

KARL Schlafen Sie gut.

STEFAN Danke. Starren Sie nicht so lange in die Nacht hinaus.

Er geht ab.

Karl bleibt unbewegt sitzen und sieht ins Leere. Nach einer Weile kommt Doris leise die Treppe herunter. Sie hört auf die Schritte im Saal. Sie nimmt ihr Tanzkleid und zieht es rasch an. Sie läuft zur mittleren Saaltür, horcht und klopft. Die Schritte verstummen. Doris ruft: »Guenther!« Es kommt keine Antwort. Sie klopft stärker. Da wird mit gleicher Stärke von innen zurückgeklopft. Doris ruft erschrocken: »Guenther!?« Jetzt sind wieder Schritte zu hören. Sie klopft noch einmal, die Schritte verstummen und es wird wieder zurückgeklopft. Doris sagt: »Ja, bitte ...!« und weicht zurück. Die Tür öffnet sich weit und es tritt eine Frau heraus, die ganz genauso aussieht wie Doris. Karl steht auf und wendet sich nach hinten. Der Raum beginnt wieder in einem Varieté-Licht zu glühen.

DORIS Wer sind Sie? Was machen Sie hier?

DIE ANDERE Ich bin Doris. Ich bin hier zu Hause. Und wer sind Sie?

Es wird dunkel.

2.

Im Innern des Saals, der an das Hotelfoyer grenzt. Außer zwei einfachen Stühlen keine Möbel.

Guenther und Doris (die »neue« Doris) beim Training. Sie tanzen einen Wiener Walzer. Karl steht auf einem der Stühle. Hedda, Margot und Dieter sitzen oder stehen an die Wand gelehnt. Wenn der Tanz zu Ende ist...

DIETER Doris?... Ja! Sie ist es... Mein Gott, wie spricht man denn mit einem Wunder?

HEDDA Die alte Doris – ganz genau wie früher! Einsame Spitzenklasse, genau wie früher.

GUENTHER So gut wie heute war sie aber noch nie.

DORIS Oh, ich möchte in keiner anderen Zeit leben, Guenther, halt' mich fest, ich möchte in keiner anderen Zeit leben!

KARL Ich hab' ein Herz gesehen, das zwischen euch schlägt. Nicht deines, nicht Guenthers, ein drittes Herz, das euch beiden gehört...

DORIS Opfer, mein liebes Opfer, hast du's gesehen, hast du alles gesehen? *Sie setzt sich auf den anderen Stuhl. Karl steigt von seinem Stuhl herunter.*

DIETER Und ich habe gedacht: da reichst du nicht mehr heran, an diese Frau, mit deiner normalen Liebe zu ihr...

MARGOT Wenn man so etwas Superschönes sieht, bild' ich mir ein, davon wird man auch selbst wieder ein bißchen hübscher.

DORIS Jetzt rauscht mir aber das Blut in den Ohren!

HEDDA Was da rauscht, in der süßen kleinen Muschel, das sind die alten Zeiten, Doris... Oh, wir sollten jetzt ein großes Festessen veranstalten ... ich möchte jetzt mit euch essen und trinken, essen und trinken, bis ich auf den Boden plumpse! Und wir laden uns Kinder ein und alte Leute, die uns was erzählen – die alten Kapitäne von den Rheinschiffen, ja! Ich koche euch das Pyritzer Himmelreich – wißt ihr, was das ist? Schweinebauch auf Backobst mit Kartoffelklößchen. Ich sage euch: ihr werdet nicht wieder!

Doris Ob das wirklich das Richtige für uns ist, Hedda?

Hedda Entschuldige ... da hat wohl der böse Hungerwolf aus mir gesprochen. Aber eine winzige Kleinigkeit müssen wir beide heute noch zusammen essen, du und ich, ja?

Die linke Tür öffnet sich einen Spalt, und man hört Stefan leise: »Doris! Doris!« rufen. Margot läuft zur Tür und drückt sie zu. Sie lehnt sich mit dem Rücken dagegen und rutscht zu Boden.

Guenther Nun werden wir also siegen in Münster. In sechs Wochen steht es fest: wir sind die besten Amateure im Standard. »Ein deutsches Meisterpaar aus Königswinter« ... Doris? Und für alle, die uns zusehen, soll es ein Glückstag werden. Für die ganze Nation, die ganze Gesellschaft!

Doris Die ganze Gesellschaft? Puh, so viele Menschen kann sich ein einzelner überhaupt nicht vorstellen, in seinem Köpfchen!

Guenther Millionen sitzen zu Hause vor ihrem Fernsehapparat und sehen die Übertragung aus der Halle Münsterland. Millionen!

Doris Oh, ich möchte in keiner anderen Zeit leben, Guenther!

Karl In Amerika, meine Herrschaften, in Amerika gibt es einen wissenschaftlichen Verein, der arbeitet seit Jahrzehnten an einem einzigartigen Forschungsprojekt. Es nennt sich: »Vorhaben zur Behebung der mißlichen Lage der Menschheit«. Und der Vorsitzende dieser Menschheitsexperten, ein Mister Forrester, hat kürzlich in der Sendung »Unser Zukunftsprogramm« erklärt: »Wir Menschen« – und damit hat er eigentlich nur die geistig hochstehenden gemeint – »wir Menschen sind von Natur aus noch viel zu dumm, um unser Lebenssystem, von dem wir selber ein Teil sind, fehlerfrei zu begreifen«. Ja, das ist das zentrale Forschungsergebnis dieser Kommission. Und das bedeutet: der Einzelne von uns kann noch so schlau und gebildet sein, letztlich läuft er doch wie alle anderen Menschen mit einem naturgeschichtlich bedingten Brett vorm Kopf herum. Denn erst auf der nächsten Stufe des allgemeinen Entwicklungsprozesses, der sich ja leider Gottes unendlich langsam vollzieht, wird es dem Menschenwesen vielleicht gestattet sein, ins Reich der fehlerfreien Selbsterkenntnis vorzudringen... Doch heute, glauben Sie mir, heute habe ich so ein Gefühl, als dürfte ich einen verstohlenen Blick in dieses Zukunftsreich werfen – ein Gefühl wie kurz vor dem entscheidenden Wissensdurchbruch...

DIETER Einen Moment, bitte. Sie haben jetzt zirka anderthalb Minuten über ein sogenanntes Zukunftsproblem gesprochen. Wissen Sie denn, daß in derselben Zeit, in nur einer Minute und dreißig Sekunden – und ich kenne die Statistiken, Karl – dem Ungeheuer, das uns alle verschlingen wird, bereits einhundert neue Köpfe gewachsen sind?

KARL Sie hängen wohl noch an der alten Theorie von der Bevölkerungslawine? Ach Gott. Und was sagen Sie zum globalen Hitzetod? Die neuesten Vermutungen besagen nämlich, daß die kosmische Wärmezufuhr in den nächsten fünfzig Jahren sprunghaft zunehmen wird. Und unsere gute Erde wird dann nicht mehr in der Lage sein, soviel von dieser kolossalen Hitze in das Universum abzustrahlen, wie es für die Erhaltung unserer Art erforderlich wäre. Dann haben wir hier unten ein verdammt heißes Pflaster, und bevor uns Ihre Bevölkerungslawine erwischt, sind wir längst alle verschmort ... Falls uns nicht rechtzeitig etwas Kluges einfällt... Zum Beispiel, große Weltraumsonden, die die Hitze abfangen und auf unsere Meere lenken. Natürlich! Das wäre doch großartig – wir heizen das Meer! Man spricht in diesem Zusammenhang bereits von einer künftigen »Aquakultur«. Der Mensch übersiedelt in den warmen Ozean, gewinnt neue Grundstoffe, neue Pflanzen, Textilien, Nahrungsmittel, eine neue Sprache entsteht, ganz neue Gemütszustände, neue Arzneimittel ...

DIETER Neue Kriege, neue Krankheiten.

KARL Jawohl, das ganze Menschheitsleben noch einmal von vorn, und diesmal unter Wasser.

HEDDA Was sollen das denn für Nahrungsmittel sein? Im Meer gibts doch immer nur Fisch.

KARL Und bis dahin haben wir auch die Weltwetterlage fest in der Hand und können dafür sorgen, daß das Meer immer hübsch ruhig bleibt ...

Guenther springt auf, denn die rechte Saaltür hat sich geöffnet und Stefan hat wieder leise »Doris! Doris!« gerufen. Guenther schlägt die Tür heftig zu und stellt sich davor.

DORIS Schön hast du uns erzählt, liebes Opfer ... Oh!

Sie wischt ihm etwas aus dem Auge.

Augeneckenschleim! Das kriegt man von Visionen, ja?

HEDDA Huch! ... Ich glaube, jetzt ist es passiert. Er ist durchgebrochen ...

DIETER Wer?

HEDDA Der Gesang. Das Lied. Guenther – ich glaube, das ist der Durchbruch, auf den ich so lange gewartet habe. Wißt ihr, ich bin doch unmusikalisch, ich kann partout nicht singen. Das kommt noch hinzu zu meiner grauen Durchschnittsnatur. Dabei habe ich seit Jahren ein ganz bestimmtes Lied im Kopf, und ich fühle immer, das will raus, das will unbedingt raus. Dann versuch ich's und mache den Mund auf, aber es erklingt immer eine ganz falsche Melodie, gräßlich. Es ist wie verhext ... Mein schönster Traum: eines Morgens aufwachen und singen können. Einen Durchbruch erleben. Und ich glaube, ich glaube – jetzt ist es soweit ...

GUENTHER Also los. Genier dich nicht.

HEDDA Ja. Das Lied ist leider ein bißchen kitschig, eine Schnulze aus der Zeit, als ich Guenther kennenlernte. Aber es muß jetzt heraus ...

Sie singt den Schlager »Nur du du du allein«.

GUENTHER Na bitte. Du hast alle Intervalle richtig getroffen.

DORIS Herzlichen Glückwunsch, Hedda.

HEDDA Danke ... Verdammt, das ist ein schönes Gefühl.

GUENTHER Das war also das berühmte Lied.

HEDDA Ja, das ist unser Lied, Guenther! Am liebsten würde ich es gleich noch einmal singen!

GUENTHER Du – ich weiß nicht ...

HEDDA Nein, ich tu's nicht. Das wäre ja ein bißchen lächerlich.

Sie summt die Melodie leise vor sich hin.

DIETER *zu Margot.* Und was spürt meine kleine Frau in dieser gehobenen Stimmung?

MARGOT Dich.

DIETER Mich? Genügt denn das? Kein Ozean, kein Gesang, will nichts Großes ausbrechen in dir?

MARGOT Doch, vielleicht ... Fühl mal!

Sie führt seine Hand auf ihren Bauch.

DIETER Etwas rund, nicht? ... Was?! Soll das etwa heißen –?

MARGOT Reg dich nicht auf, Dieter, es ist nur das Monatsblut.

DIETER So, das Blut ... was soll der Blödsinn? Entschuldige, Doris, es ist mir peinlich, daß sie in deiner Gegenwart diesen Witz gemacht hat.

HEDDA Einen Witz nennst du das? Dieter – warum trittst du die Liebe deiner Frau mit Füßen? Gerade heute, wo es uns allen so gut geht? Wie ist das nur möglich?

MARGOT Aber nein, das tut er doch gar nicht.

HEDDA Hast du denn gar kein Gefühl für uns?

DIETER Und ob! Und ob ich ein Gefühl für uns habe. Gerade deshalb –

MARGOT Laßt ihn doch in Ruhe. Ich bin als Frau eben nur eine von zweien. Na und? Mein Traum ist, daß alles so bleibt wie es ist.

HEDDA Aber bestimmt möchtest du auch einmal für jemanden die Hauptperson sein, Margot?

DIETER Hauptperson! Blödsinn! Bist du etwa für jemanden

die Hauptperson? Oder ich? Oder sonst irgend jemand hier?

GUENTHER Ja, doch, es gibt hier eine Hauptperson.

DIETER Wen? Dich?

GUENTHER Stefan. Er ist für jeden von uns die Hauptperson. Denn er will den Sinn des Wörtchens »uns«, den Sinn, den wir dieser Silbe gegeben haben, zerstören. Wer aber das Unsere zerstören will, der ist unser Feind. Und der Feind ist immer die Hauptperson.

HEDDA *geht zu einer Tür und sieht durchs Schlüsselloch.* Sieht aber schwach aus, unser Feind. Läßt die Schultern hängen, starrt ins Fernsehen. *Doris und Margot gehen zu den anderen Türen und sehen ebenfalls durch die Schlüssellöcher.*

KARL Was sieht er denn? Man hört ja gar nichts ...

HEDDA Ich glaube, er sieht Sesam-Straße, aber ohne Ton.

DORIS Ein wirklich einsamer Mann.

MARGOT Aber er raucht! Er raucht!

DIETER Tatsächlich? Er raucht?

MARGOT Ja. Mir hat er das Rauchen streng verboten.

DORIS Mir auch.

HEDDA Ist das nicht ein Verzweiflungsschritt?

DORIS Was hat er nur für ein komisches Hemd an?! Stammt das noch von dir, Margot?

MARGOT Von mir? Das ist nun wirklich nicht mein Geschmack.

DORIS Glaubst du meiner?

HEDDA Das Hemd, das er anhat, das habe ich ihm zu Weihnachten geschenkt. Was soll denn daran so komisch sein?

GUENTHER Nieder mit der Schlafmütze! Nieder mit der herrschenden Untätigkeit! Ich fordere gleiches Eigentumsrecht für uns alle! »Stefans Hof« ist unser Hof!

DIETER Ich muß schon sagen, das grenzt an offene Agitation, was du da von dir gibst.

DORIS Ich dachte, wir wären ein bißchen glücklich miteinander ...

MARGOT Ich habe ihn gar nicht richtig verstanden. Will er hier oben den Gemeinschaftskommunismus einführen oder was?

HEDDA Es ist die pure Begeisterung, und sonst nichts; er will über sich hinaus, wie wir alle.

DIETER Offenbar will er sogar über den Rahmen des Grundgesetzes hinaus. Wenn ich sowas höre, kann ich plötzlich sehr nüchtern werden, Hedda.

HEDDA Meine Güte, bist du ein Miesepeter! Rührt sich denn überhaupt nichts in dir? Auch ein kleines dünnes Herz aus Papier kann doch mal ein bißchen rascheln und knistern ... wenigstens das!

DIETER Nimm's mir nicht übel, Hedda, aber als Frau hast du mir viel besser gefallen, als du noch still und gefühlsträge warst. Dieses Getue neuerdings, ich weiß nicht, das wirkt auf mich wie eine alberne Parodie auf die normalempfindende Frau ... Bitte, laß mich ausreden! Damit du's weißt: ich persönlich befinde mich in einer durch und durch ausgewogenen Stimmung. Ich bin zum erstenmal fest davon überzeugt: so wie es jetzt mit uns steht, so muß es auch bleiben. Ich kann es mir jedenfalls nicht besser vorstellen.

MARGOT Genau wie ich.

DIETER Und dementsprechend habe ich gehandelt, Hedda – ich habe nicht bloß geschwärmt, von pommerschem Schweinebauch, den wir schließlich doch nicht zu essen bekommen – sondern ich habe sozusagen die Fronten gewechselt. Ich stehe jetzt bei euch im Wort: das Hotel wird nicht verkauft. Ich werde mich in Bonn dafür einsetzen, daß das alles wieder rückgängig gemacht wird ...

GUENTHER Und in diesem Zusammenhang hast du selbst heute nacht von Enteignung gesprochen!

DIETER Das ist ein unverschämtes Mißverständnis, Guenther! Wer soll denn hier wen enteignen? Absurdes Geschwätz! Ich, ich habe lediglich von einer gewissen Umschreibung der privaten Eigentumstitel gesprochen, ein kleiner legaler

Trick, der es uns ermöglicht, daß erstens alles beim alten bleibt und daß wir zweitens durch eine Bürgschaft der öffentlichen Hand von den unmittelbaren Auswirkungen eines Bankrotts verschont werden.

DORIS Und was wird aus Stefan? Er muß doch wieder dazugehören.

DIETER Eben. Aber er will nicht. Er hat uns satt. Außerdem ist er wirklich scharf auf diese Stelle im Ministerium.

GUENTHER Wenn er unbedingt Angestellter werden will, bitte sehr, das kann er haben. Sobald das Hotel uns gehört, kann er hier meinen Posten übernehmen.

DIETER Diesen radikalen Schwachsinn höre ich mir nicht länger an. Mit dir dürfte ich wirklich kein Aktionsbündnis schließen, nicht mal bei Seenot!

GUENTHER Ich sage dir, er darf nicht mehr besitzen, darauf kommt's an. Er macht alles kaputt, was ihm gehört. Das hat er selbst zugegeben.

DORIS Guenther, jetzt müssen wir ihn erst einmal menschlich wieder für uns gewinnen. Bitte!

KARL *öffnet einen Flügel der rechten Tür.* Ich glaube, er ist eingenickt.

HEDDA Die Zigarre!

KARL Die hat er wohl ausgemacht.

Leise Foxtrott-Musik. Hedda, Dieter und Margot gehen zu Karl und sehen ins Foyer.

DIETER Ich glaube, er ist aufgewacht.

HEDDA Und reißt den Mund auf! Na – wird's ein Gähnen, wird's ein Schrei?

MARGOT Er traut seinen Augen nicht ... wie lieb er blinzelt! ... Komm nur, komm!

Die Musik wird lauter. Alle Türen öffnen sich weit. Doris und Guenther beginnen zu tanzen. Die anderen verfolgen Stefans Auftritt. Er kommt durch die linke Tür, bleibt nach ein paar Schritten stehen und betrachtet das tanzende Paar. Stefan sieht sehr »mitgenommen« aus, verwahrlost, als sei er abgemagert, kleiner und älter geworden. Abgesehen von dem neuen Hemd, an dem noch das Firmenzeichen baumelt, trägt er schäbige, ihm zu große Kleidung. Der Tanz geht zu Ende, Guenther und Doris verbeugen sich leicht voreinander.

GUENTHER Nun, was sagst du zu deiner Frau? Kaum zu glauben, was?

STEFAN Das ist nicht meine Frau.

DORIS Wie?

GUENTHER Siehst du, du bist wirklich nicht wiederzuerkennen, Doris.

STEFAN Diese Dame ist auch dann nicht meine Frau, wenn du Doris zu ihr sagst.

DIETER Aber wer soll sie denn sonst sein? Das siehst du doch schon an mir, daß sie's ist.

GUENTHER Laß dich nicht beirren, alter Freund. Es ist natürlich nicht deine kleine dumme Doris. Nein, du hast dich nicht getäuscht: es ist – jawohl, es ist die Grace Kelly. Für die Rolle deiner Frau haben wir die Grace Kelly engagiert. Ist das nicht wunderbar?

HEDDA Und ich? Erkennst du mich denn wieder?

STEFAN Wo ist Doris? Ich muß sie etwas fragen.

DORIS Ja, bitte...? Du siehst nicht gut aus, Stefan. Hast du dir Sorgen gemacht?

STEFAN Ja.

DORIS Um mich?

STEFAN Ja... Nein.

GUENTHER Allgemeine Lebensschwäche, was?

STEFAN Wo ist Doris?

DORIS Was gibt's? Was willst du von ihr?

STEFAN Ich suche den Schlüssel für die Kühltruhe. Ich möchte mir etwas auftauen für morgen.

DORIS Der Schlüssel liegt auf dem Stromzähler im Keller.

STEFAN Danke. *Er wendet sich ab und geht langsam zur linken Tür. Dort dreht er sich um.*

Dann haben Sie also die Kühltruhe ausgeräumt. Sie steht nämlich offen und ist vollkommen leer.

DORIS Ich? Wie kommst du darauf?

STEFAN Außer Doris wußte bis jetzt niemand von uns, wo sich der Schlüssel befindet.

DORIS Ich bin diese verdammte Doris! Da haben Sie doch den Beweis –!

STEFAN Ah, jetzt sagen Sie selbst »Sie« zu mir.

HEDDA Soll das etwa heißen: es ist nichts mehr zum Essen im Haus?!

DORIS Prüf mich nur, Liebster ... ich bin's ... Ich bin's!

HEDDA Das ist doch nicht möglich. Irgendwo muß es in diesem großen Haus doch irgend etwas zu essen geben. Stefan, jetzt hast du mir vielleicht einen Schrecken eingejagt! ... Ich werde mal ein bißchen herumschnuppern ... Entschuldigt mich –

Sie geht zur rechten Tür.

Wir haben doch alle diesen gräßlichen Hunger, nicht?

Ab.

MARGOT *zu Karl.* Wissen Sie – ich frage mich, ob Sie nicht des Rätsels Lösung sind?

KARL Sie fragen sich ... Sie fragen sich. Wozu? Wissen Sie eine Antwort? Nein. Schwätzen Sie auch nachts im Schlaf – so papperlapapperlapapperlapapp?

GUENTHER Vielleicht sollten wir jetzt weitertrainieren, Doris?

DORIS Wie er mich ansieht, Guenther ... da wird man ja zum Fremdkörper vor sich selbst.

GUENTHER Ich warne dich: bring mir deine Frau nicht durcheinander! Noch eine Formkrise und ich werde rabiat, das kannst du mir glauben.

DORIS Vielleicht wird es besser, wenn ich eine Weile allein mit ihm bin.

GUENTHER Meinetwegen. Aber paß bitte auf dich auf – und mach' es kurz.

Zu Stefan. Das sieht dir ähnlich: verrückt werden, den

Idioten spielen. Nur um die anderen zu stören. Verdammter Mist. Kommen Sie, Karl, wir sehen uns die Sportschau an. *Er geht durch die rechte Tür ab, Dieter folgt ihm.*

KARL *zu Margot, langsam mit ihr abgehend.* Sehen Sie, mein Kind, wenn ich das Fernsehen wäre, das allmächtige Fernsehen – das kann zaubern, die schönsten Verwandlungen am laufenden Band. Da haben Sie die wahre Magie. Das Fernsehen lehrt uns das Fürchten. Wie demütig Sie aussehen, vom Staunen gelähmt, wenn Sie abends in unser Totenreich blicken. Und was sehen Sie? Sie sehen Ihrem eigenen Vergessen zu, ja, Sie sehen hinaus auf den Fluß des Vergessens. Stellen Sie sich vor: Sie sterben, ohne es zu merken. Sie verschwinden ohne Schmerzen, Sie verschwinden in Ihr unendlich gleichgültiges Starren... Mag sein, wir sind schon mittendrin im Fernsehen. Wir sind schon diese hellen Schatten, mit offenen Augen, nah zum Greifen und doch nur für Blicke noch zu fassen ...

MARGOT Haben Sie denn schon mal etwas in der Fernsehlotterie gewonnen?

KARL Nein.

MARGOT Aber ich. Einen ganz kleinen Fernsehapparat...
Beide sind abgegangen.

STEFAN Leiden Sie auch an Hunger?

DORIS Oh, nein. Du kennst mich. In der Trainingszeit esse ich so gut wie nichts. Trinken ja, hier und da ein Schlückchen. Aber Essen macht schwerfällig. Und dann bleibt das – wie sagt man? – na, der Mist hängt doch mindestens einen Tag lang im Körper fest. Davor ekelt mich.

STEFAN Ekel... hm. Fühlen Sie sich manchmal, aus keinem besonderen Grunde, gezwungen, Sachen zu zählen?

DORIS Ja.

STEFAN Ja ... hm. Keine Treppe hoch, ohne die Stiegen zu zählen, wie? Die Zündhölzer in der Streichholzschachtel, die Fliesenquadrate auf dem Fußboden?

DORIS Ja, ja, eben alles mögliche.

STEFAN Meine kleine Doris hat früher auch einmal so gut getanzt wie Sie. Und sie hatte übrigens auch diesen Tic, alles mögliche in ihrer Umgebung zu zählen. Die Treppenstiegen, die Zündhölzer, die Fliesenquadrate... Zahl der in meinem Haus zur Verfügung stehenden Handtücher?!

DORIS Zweiundneunzig.

STEFAN Hm. Ich nehme an, es stimmt. Als gewissenhafte Agentin haben Sie sich ja mit allen Eigenarten und Wissensgebieten meiner Frau vertraut gemacht. Sie kennen sie inzwischen sicher noch besser als ich.

DORIS Was sagst du da, Stefan?

STEFAN Überrascht mich nicht, nein überrascht mich wirklich nicht. Auf die kleinen Leute in den Ministerien werden die Spione angesetzt. Labile Naturen wie ich sind ihr bevorzugtes Opfer... Tauschen mir über Nacht die Ehefrau aus! Gewagt, sehr gewagt... Andererseits, ich meine, es hätte mich auch schlimmer treffen können, nicht?

DORIS Ich warte, bis du wieder vernünftig wirst.

STEFAN Und wer steckt hinter der Affäre? Guenther natürlich. Karl vielleicht auch, das undurchsichtige Vorkriegswesen. Und die anderen? Die haben Ihre hübschen Tanzbeine gesehen und sofort die Augen verdreht. Schweinebande. Aber ich habe sofort erkannt, daß Sie nicht Doris sind. Und woran? Nun, Sie sehen ganz einfach anders aus als meine Frau. Man könnte sogar sagen: Sie sind die Schönere von beiden...

DORIS Oh! War das nun ein Kompliment für mich oder eine Beleidigung? Ich glaube, beides zugleich...

STEFAN Es würde mich interessieren, ob – ich meine, der normale Mann in mir muß Ihnen doch letztlich ziemlich gleichgültig sein. Oder?

DORIS Stefan, ich habe das Gefühl, du willst einfach mal ein erstes Rendezvous mit mir erleben, wie? Das hat es ja zwischen uns nicht gegeben. Weil wir uns kennen, solange die Erinnerung reicht.

STEFAN Sie haben meine Frage nicht beantwortet. Ich bin Ihnen also gleichgültig, als Mann. Das ist wieder ein sicheres Zeichen: Meine Frau hätte sofort gesagt: »Nein, im Gegenteil, ich liebe dich!«

DORIS Du bist mir nicht gleichgültig, Stefan. Aber ich glaube nicht, daß ich so ohne weiteres sagen könnte: »Ich liebe dich« ... Nach unseren gesammelten Erfahrungen.

STEFAN Schade.

DORIS Was ist schade?

STEFAN Daß Sie mir nicht wie meine Frau geantwortet haben. Dann wären wir uns jetzt vielleicht ein Schrittchen näher gekommen. Ich will damit sagen: wenn Sie hier quasi als meine Frau auftreten, dann wäre es doch ganz selbstverständlich, daß ... nun, ich könnte Sie jetzt einfach bitten, mit mir – ja, ja, ich hätte sogar einen gewissen rechtlichen Anspruch darauf. Und dabei wäre es noch nicht einmal Ehebruch? tss! ... Glauben Sie nur nicht, daß ich besonders leicht erregbar bin ... nein, ich bin alles andere als ein Triebmensch, im Gegenteil –

DORIS Ich weiß, Stefan, du hast da deine Probleme.

STEFAN Ach? Sieht man mir das an, ja? Ich sehe wohl schon recht verknittert aus, ja? Ein bißchen schlecht gelüftet? Mein Gott – daran ist nur diese Bagage schuld. Wenn man dauernd mit so vielen Leuten zusammen ist, dann verkümmert das eigentlich Intime zwischen Mann und Frau. Man lebt hieroben nicht so richtig wie der Normalbürger. Andererseits lebt man natürlich auch nicht vollkommen anders als der Normalbürger ... Der Unterschied ist schwer zu fassen ... Aber Sie – bei Ihnen habe ich jetzt das Gefühl: da steht ein schöner alleinstehender Mensch ... ein Meisterspion ist ja letztlich auch ein einsamer Wolf! ... Ich weiß, ich weiß, noch einen Schritt auf Sie zu und ich stehe mitten im Landesverrat.

Er läuft zu den Türen und schließt sie.

Trotzdem, ich kann nicht anders ... es geht offenbar um

etwas Größeres ... Aber um was? ... Keine Ahnung ... Die Leidenschaft trifft in mir einen Ahnungslosen ... ich weiß nur: ich möchte ein einziges Mal ... bitte, kommen Sie mir jetzt entgegen!

Doris lacht.

Warum lachen Sie?

DORIS Weißt du, wie oft wir schon miteinander geschlafen haben: Eintausenddreihundertfünfundzwanzig Mal!

STEFAN Geschlafen? ... Geschlafen, geschlafen? Hast du denn vergessen, wie wir das genannt haben? Hast du unser Kosewort vergessen?

DORIS Nein ... Oh! ... Ich weiß nicht – du hast es immer gesagt!

STEFAN Na endlich – jetzt ist es heraus: Sie sind überführt, meine Dame!

DORIS Und warum klappt es nicht mehr bei dir, seit zwei Jahren? Da kann einem doch mal der Kosename entfallen oder? Das ist doch nicht meine Schuld?

Draußen, im Foyer, rufen Hedda und andere: »Wir haben Hunger – Hunger – Hunger!«

STEFAN An mir allein kann es auch nicht liegen. Doris ist nicht mehr wie früher ... Sie wissen doch, wie man sich lieben lernt ... Aus Angst, aus nackter Angst ... Und warum man sich küßt? Aus Atemnot, ja, die gemeinsame Atemnot öffnet uns die Lippen füreinander ... Doris hat das alles wohl vergessen. Sie braucht jetzt das formvollendete Wohlgefühl – Quickstep! Quickstep! ... Sie dagegen, natürlich, Sie tanzen auch leidenschaftlich gern, nicht? Sogar sehr viel besser als meine Frau. Und doch – irgend etwas, ich weiß nicht, was es ist – irgend etwas zieht mich in diesem Augenblick mit großem Entsetzen zu Ihnen hin ... Glauben Sie mir, wenn Sie nur auch nur ein klein wenig Angst hätten, dann wird es jetzt bestimmt kein Reinfall ...

Er läuft unruhig umher. Er stellt die beiden Stühle vor die linke und die rechte Tür. Er rückt sie fest. Er prüft ver-

schiedene Stellen auf dem Boden. Er zieht sein Jackett aus, wirft es auf den Boden, vor die mittlere Tür. Er setzt sich darauf, steht wieder auf ... und so fort.

DORIS Stefan! ... Was machst du? Was soll das?

STEFAN Haben Sie auch ein bißchen Angst?

DORIS Ich glaube ja ...

STEFAN Kommen Sie, kommen Sie!

Er knöpft seine Hose auf.

DORIS Oh, nein! Du weißt genau, daß ich das nicht in der Trainingszeit tue!

STEFAN Bitte!

DORIS Ich weiß nicht, was mit mir geschieht, nachher ... so etwas bringt einen doch vollkommen durcheinander ... Guenther faßt mich nicht mehr an ... Oder ich stürze, ich falle hin ... Nein!

Draußen rufen Hedda und andere: »Hunger! Wir haben Hunger – Hunger – Hunger!«

STEFAN Wenn Sie nicht sofort herkommen, zeige ich Sie an. Ich lasse Sie festnehmen ... Und jetzt werfe ich diese Drecksbande aus meinem Haus!

DORIS Nein!

STEFAN Zieh dich aus, schnell!

Doris streift ihr Tanzkleid ab und wirft es mit dem lauten Fluch »Scheiße« auf den Boden.

DORIS Du machst alles kaputt! Du machst alles kaputt!

STEFAN Angst, ja? ... Schön ... Komm, leg dich hier her.

DORIS *legt sich auf das Jackett.* Das ist nicht lieb von dir, Stefan, das ist nicht lieb ...

Stefan legt sich über sie. Das Licht wird wieder zum rötlichen Glühen. Der Fernsehapparat aus dem Foyer ist jetzt laut zu hören, und zwar in einem ständigen Wechsel von drei, vier Programmen. Doris umarmt Stefan fest. Dann faßt sie sich mit beiden Händen an den Kopf, hält sich beide Ohren zu, schleudert den Kopf hin und her ... Nach kurzer Zeit wird der Fernsehlärm wieder gedämpft, das

Licht wieder wie vorher. Stefan richtet sich auf – Doris ist verschwunden, »vom Erdboden verschluckt«.

STEFAN Doris!... Doris!... Doris!

Aus einer kleinen Tür in der rechten Bühnenwand, die offenbar in den Keller führt, tritt die »erste« Doris herein. Sie trägt einen großen überfüllten Eßkorb und einen kleinen geschmückten Tannenbaum. Ihr Bauch wölbt sich unter einem langen hellen Kleid hervor wie bei einer Schwangeren. Ihre Haare fallen offen auf die Schultern.

DORIS Du rufst mich aber komisch. Wie im Alptraum. Na, das ist bestimmt der Hunger. Ihr seid wohl alle am Verhungern, wie? Was gibt's denn Neues hier oben? Hat Guenther sich beruhigt? Sag mal, weinst du oder bist du betrunken? Mein Gott, der Guenther wird sich wundern. Hast du gesehen – die Kühltruhe stand offen, ich weiß wirklich nicht, wie mir das passieren konnte... alles verdorben – das schöne Putenfleisch für morgen. Ich hab's mitgenommen und weggeschmissen, was will man machen. Es ist eine Kälte draußen, heute morgen, als ich losfuhr, waren es elf Grad minus... Weißt du, wo ich gewesen bin? Im »Rheinblick« war ich und beim Hans-Walter. Ich habe einfach gesagt: wir haben nichts mehr zu essen, bei uns da oben, könnt ihr uns nicht was verkaufen? Na, und da haben sie mich gleich vollgepackt, sieh nur!... Und später habe ich noch die Lilo besucht... ich war unheimlich froh... da liegt ja noch mein Kleid! Stell dir vor, ich hab' mich heute nacht im Traum doppelt gesehen, da stand auf einmal eine zweite Doris neben mir und die hatte haargenau das gleiche Turnierkleid wie ich... Gestern war überhaupt ein schrecklicher Tag... Weißt du was? Der »Riese« macht auch zu. Ja, der »Riese« in Bonn. Sogar vor Bonn macht das Hotelsterben nicht halt. Ich bin jetzt richtig froh, daß wir hier wegkommen... Du kannst dir nicht vorstellen, wie glücklich ich bei Lilo war... du fragst mich überhaupt nicht, warum ich zu Lilo gegangen bin! Wenn wir in Bonn wohnen, wird sie jedenfalls meine beste Freundin... Sieh mich doch mal an! Hat deine Frau schon mal so einen dikken Bauch gehabt? Du sagst ja gar nichts... Na gut, es ist auch nur ein Kissen ... ich wollte dich überraschen.

Sie zieht das Kissen hervor und wirft es auf den Boden.

Mal sehen, wie er auf sowas reagiert. Aber trotzdem, es ist kein Witz, Stefan, es ist nur eine kleine Übertreibung... Du weißt doch, daß Lilos Mann mein Arzt ist, und ich habe zu ihm gesagt: ich muß es jetzt wissen, jetzt, jetzt, jetzt! Und dann hat er mich in seine Praxis geführt, obwohl doch heute der zweite Feiertag ist, und hat mich untersucht. Und dann hat er gesagt: Ja... Stefan! Ja! hat er gesagt...

Während Doris spricht, hebt Stefan sein Jackett auf, nimmt sich einen Stuhl, hängt das Jackett über die Lehne, setzt sich. Er kramt in den Taschen nach seiner angerauchten Zigarre und nach Streichhölzern. Er öffnet die Streichholzschachtel verkehrt herum und alle Hölzer fallen heraus. Er nimmt eins und zündet sich die Zigarre an.

DORIS Du rauchst ja? Stefan raucht! Ich habe einen ganz neuen Mann. Einen gutmütigen Zigarrenraucher. Freust du dich denn? Lilo hat gesagt, das Tanzkleid soll ich lieber gleich an den Nagel hängen. Und das mache ich auch! Ich bin schon in Münster nicht mehr dabei, Stefan... Jetzt fällt dir aber ein Stein vom Herzen, wie? Nein, es geht wirklich nicht. Wo ich nun weiß, da ist ein kleiner Mensch in meinem Bauch, dem wird vielleicht schwindelig beim Tanzen oder ich falle wieder hin, du lieber Gott, nein. Aber das müssen wir erst mal dem Guenther beibringen – ich habe wahnsinnige Angst davor. Hilfst du mir? Ich glaube, er schlägt mich windelweich... Ich will ihn nicht mehr sehen, ich will überhaupt niemanden von uns mehr sehen, Schluß und vorbei. Auch das Opfer soll sehen, wo es bleibt... Und du wunderst dich gar nicht ein bißchen? Du müßtest dich doch fragen: wie kommt das denn, ein Kind von mir in ihrem Bauch? Wir haben doch in den letzten Jahren nicht – oder haben wir etwa ein einziges Mal... Hm, wie hieß noch unser Wort? Oje, ich habe es vergessen... Nein, haben wir nicht, ging ja nicht... Ha, aber ich habe, Stefan! Du weißt wahrscheinlich gar nicht, daß du nachts, wenn du tief schläfst, dann ist da unten manchmal alles in bester Ordnung, ja – *Sie macht eine kleine Faust.* so stark... Und da hab' ich gedacht: jetzt darfst du ihn nicht aufwecken, sonst ist es gleich wieder vorbei... ich hab' mich an dich gedrückt, Stefan, ganz fest, und du bist nicht einmal aufgewacht dabei... Ja, so war's, jetzt weißt du's... Oh, ich ziehe rasch das Turnierkleid an... so dick ist der Bauch ja noch nicht! Guenther darf noch nichts erfahren, heute noch nicht, ich bin noch viel zu glücklich... Stefan – und du? Heute abend feiern wir beide – wir prosten uns einmal heimlich zu: »Auf unsere kleine Familie!« Die anderen brauchen nichts zu merken, für die spielen wir weiter die Gleichgültigen, ja?

Von draußen hört man laute »Hunger«-Rufe.

Ja, ich komme, ich komme ja schon...

Sie hat ihre Haare hochgesteckt, nimmt den Korb und den Tannenbaum und öffnet die rechte Tür.

GUENTHER Doris!

DIETER Ein Engel! Ich habe es gesagt!

HEDDA Mit einem riesigen Freßkorb!

MARGOT Karl – das ist aber der Clou von allen Kunststücken!

KARL Raten Sie mal, wer das ist! Die Dame mit dem Füllhorn, sieben Buchstaben.

HEDDA Ich halte es nicht mehr aus...

GUENTHER Trinken wir erst einmal einen Schluck Portwein, zum Apéritif!

DORIS Nein, ich schütte jetzt einfach den Korb aus und wir essen alle vom Fußboden.

Sie kippt den Korb um und alle machen sich über die Sachen her.

MARGOT Lachs! Echter Räucherlachs!

DIETER Los, her damit, verteilen!

KARL Gibt es auch eine Scheibe Vollkornbrot?

GUENTHER *zu Hedda.* Warum ißt du denn die Rumfrüchte vorneweg? Dann bleibt uns ja nichts mehr zum Nachtisch.

HEDDA Bitte, laß mich, Guenther, bitte...

Stefan bleibt während dieser Szene noch eine Weile sitzen und raucht. Dann steht er auf, nimmt das Kissen unter den Arm und geht zu der kleinen Tür, aus der Doris gekommen ist.

DORIS Stefan! Wo bleibst du?

Stefan bleibt einen Augenblick stehen.

GUENTHER Unser Hotel – es lebe hoch! Hoch! Hoch!

Stefan geht ab und verschließt die Tür hinter sich.

DORIS Stefan!

Das Licht nimmt ab. Das Modellflugzeug kommt geflogen und kreist über dem leeren Saal. Es wird dunkel.

3.

Der Saal. Alle Türen stehen weit offen. Durch ein Seitenfenster im Hotelfoyer fällt Tageslicht. Dort liegen Hedda, Dieter, Margot zwischen den Resten des Picknicks auf dem Boden oder an Sesselrücken gelehnt. Vorn im Saal liegt Stefan, steif verkrümmt, auf dem Boden, fast im Dunkeln. Das Kissen sitzt ihm auf unnatürliche Weise im Nacken fest. Doris hockt neben ihm. Karl sitzt auf einem Stuhl, etwas im Hintergrund. Guenther steht in der linken offenen Tür mit dem Rücken zum Saal. Die kleine Tür in der rechten Bühnenwand steht offen.

GUENTHER Nun?

DORIS Nichts.

GUENTHER Zeitverschwendung.

DORIS Es dauert eben ein paar Stunden.

GUENTHER Doris! Komm doch bitte zur Vernunft. Er ist erfroren.

DORIS Ich warte, bis er wieder auftaut.

GUENTHER Auftaucn! Unsinn! Und dann? Ein Mensch ist keine Weihnachtsgans. Ein Mensch, der zehn Stunden lang in der Kühltruhe liegt, ist schlicht und einfach tot. Ich weiß nicht, worauf man da noch warten soll.

KARL In Japan haben sich angeblich schon einige ältere Herrschaften einfrieren lassen. Ich habe mal einen Film über ein sogenanntes Tiefkühlsanatorium gesehen...

DORIS Ich möchte ihn gern in meine Arme nehmen. Aber er ist so kalt, so furchtbar kalt.
Sie haucht ihm ins Gesicht.

GUENTHER Vielleicht kannst du ihm die Hose zumachen. Das ist kein schöner Anblick.

DORIS *versucht es.* Nein, es geht nicht.

HEDDA *kommt durch die mittlere Tür in den Saal.* Entschuldige bitte, Doris –

GUENTHER Weißt du, wie spät es ist? Halb eins. Wir müssen sofort mit dem Training beginnen.

DORIS Später, Guenther, ich will noch ein bißchen warten...

HEDDA Vielleicht versuchst du's mal mit mir? Nur im Spaß... Komm, deine Frau bittet dich zum langsamen Walzer...

GUENTHER Mein Gott – ist das ein Saustall hier!

Er geht ins Foyer und schlägt die Tür hinter sich zu.

HEDDA *läßt sich auf einen Stuhl fallen.* Entschuldige bitte – ich bin so furchtbar betrunken ... ich kapier's einfach nicht – Stefan hat sich –?

DORIS Laß nur, Hedda, er taut ja bald wieder auf.

HEDDA Ja... Entschuldige bitte, Doris ... daß ich ausgerechnet bei diesem Schicksalsschlag so furchtbar betrunken bin ... ich kann gar nicht – weil ... ich wollte ihm noch sagen, daß ich ihn wahnsinnig lieb gehabt habe ... Stefan.

KARL Doris?

DORIS Ja?

KARL Meine Narbe näßt. Es gibt anderes Wetter.

DORIS Oh, ja, es wird wärmer ... hast du gehört? Das ist gut für uns ... und gut für unser Kissen!

Zunächst leise, allmählich lauter werdend ist die Musik zu einem schnellen Foxtrott zu hören.

GÜNTHER *tritt durch die mittlere Tür.* Doris – ich bitte dich: Quickstep! Laß uns anfangen... Komm her, ich bitte dich.

DORIS Später, Guenther, später.

Die Musik wird lauter. Dunkel.